なぜ放哉に惹かれるか

佐高　信

人はそれほど起伏の多い人生を送るわけではない。それだけに山の頂きと谷底の双方を経験したような人に惹かれる。

羽目をはずすというか、枠をはずれた放哉に不思議にサラリーマンが共感するのは、サラリーマンが日々、束縛の多い人生を送っているからである。

すべてを捨ててしまいたい。しかし、捨てられない。その行ったり来たりの問答の中で、下へ下へと降りていった放哉の存在が他人とは思えなくなってくる。

　何がたのしみで生きてゐるのかと問はれて居る

こんな放哉の句に接した時、ドキッとしないサラリーマンはいないだろう。

明治十八年、鳥取市に生まれ、旧制の一高、東京帝国大学法科というエリートコースを経て東洋生命に入社した放哉こと尾崎秀雄は、人も羨む順風満帆の人生を送るはずだった。しかし、朝鮮火災海上保険の支配人を最後にサラリーマン生活をやめる。いや、やめざるを得なくなる。

成功者の人生は、成功しなかった多くの人の共感を呼ばない。しかも、放哉は出世を約束された学歴チケットを手に会社の門をくぐったのである。それなのに、なぜ挫折したのか？　その句の背景に広がる荒野にサラリーマンは引き寄せられる。

放哉が東洋生命の東京本社契約課長の椅子を棒に振らなければならなかったのは、朝から酒を飲み、出退勤もデタラメだからだった。酒乱なのである。その放哉を、しかし、学生時代からの友人、難波誠四郎は朝鮮火災の支配人に推薦した。東洋生命時代の放哉の借金の連帯保証人になって、自らも債務に追われながらである。

だが、難波や、兄事する俳人の荻原井泉水、そして、何よりも妻の馨らの切望を裏切り、放哉はまた酒びたりの生活に戻る。

赴任して一年後、社長は放哉に退職を命じた。その時、放哉は難波に手紙を出し、会社から慰労金を出すよう交渉してほしいと頼んでいるのだから、すさまじい。

荒んだ生活のため、放哉は肋膜炎にもなっていた。そして朝鮮から帰り、妻とも離れて京都の一燈園に入る。その後、京都の知恩院、兵庫の須磨寺等の寺男を経て、小豆島の西光寺南郷庵にたどりついた。どこでも類のないほど質《たち》の悪い酒で居られなくなってしまうのである。

それは目をそむけたいような甘えとわがままの生活とも言える。友人知己に無心を繰り返し、ときに、返すあてもないそのカネでまた酒をあおる。しかし、やはり、そうした点を含めて放哉の生涯を追わずにいられないのは、生きていることの業を感じさせるからだろう。寂寥と言ってもいい。放哉の場合は、自尊心が赤ムケになっているのである。それが酒に触れて、ヒリヒリと痛む。放哉を他人だと思える人間は幸せなのかもしれないが、私はそうした人を友とはしたくない。
奇しくも、同じ昭和二年生まれの私の好きな作家が、それぞれ、俳人の伝記小説を書いている。城山三郎が永田耕衣（『部長の大晩年』）、藤沢周平が小林一茶（『一茶』）、そして、吉村昭が放哉（『海も暮れきる』）である。
そのことに触れて、「山頭火よりは放哉のほうがいい」という城山と対談し
「ある意味では放哉の人生って完結しているんだよね」
と語る城山に
「四十二歳で死んじゃっていますしね。あまり完結したのは興味ないんですね」
と問いかけると
「入っていけないもの。どこかに入り口がない人というのは書けな

いね」
と言うので、私は
「一般的に放哉と永田耕衣でどちらに入り口があるかといったら放哉のほうじゃないですか」
と食い下がった。すると城山は
「たとえば耕衣は、定年になって辞めて、ああ、つまらん仕事が終わったなあなんて思うでしょう。放哉だったらその前に辞めちゃっているわけだからね。定年になってホッとすると同時に、いままでつらい仕事だったなあ、いやな人生だったなあ、と思うのが入りやすいじゃないの」
と答えてくれたが、どうしても定年まではつとまらないサラリーマンが放哉にハマるということだろうか。
私も強烈な放哉ファンを自負する者の一人である。しかし、放哉が読まれる社会が幸福かどうかはわからない。

入庵雑記

たゞかねばならぬ事は西光寺住職杉本宥玄氏についてゞあります、已に此庵が西光寺の奥の院である事は前に申しました通り、私が此島に来まして同人井上一二氏を御尋ね申した時、色々な事情から大方、此島を去つて行く話になつて居りましたのです、其時此庵を開いて私を入れて下すつたのが杉本師であります。杉本師は数年前井師が島の札所をお廻りになつた時に、井上氏と共に御同行なされた方でありまして、誠に温好親切其のもの丶如き方であります、師とお話して居ますと自ら春風蕩漾たるものがあります。私は此の尊敬す可き師の庇護の下に此庵に座らせてもらつて居るので、何と云ふ幸福でせうか――、又、同人井上氏の御同情は申す迄も無く至れり尽せりでありまして、之等一に、井師を機縁として生じて来たものであると云ふ事に思ひ到りますれば、私は玆に再び、朗々、観音経を誦さなくてはならない気持となるのであります。

丁度明治卅五年頃の事と覚えて居ります、其の頃井師も私も共に東京の第一高等学校に居りました、井師は私よりも一級上級生といふわけで、其の頃俳句――新派俳句と云つた時代です――が非常に盛で、其結果一高俳句会といふものが出来、句会を開いたものでした。句会は大抵根津権現さんの境内に小さい池に沿うて一寸した貸席がありましたので、其処で開きました。そこの椎茸飯といふのが名物で、お釜で焚いたまんまを一人に一ツ宛持つて来ましたが中々おいしかつた、そうした御飯をたべたり御菓子をたべたりなんかして、会費は五十銭位だつたと記憶して居ます。いつでも二十人近く集りましたが、師匠格としてきまつて、虚子、鳴雪、碧梧桐、の三氏が見えたものです、虚子氏が役者見たいに洋服姿で自転車をとばして来たり、碧梧桐氏の四角などこかの神主さん見たいな顔や、鳴雪氏のあの有名な腹燗なんかの事を思ひ出しますのですよ。其当時の根津権現さんの境内はそれは静かなものでした。椎の木を四五尺に切つてそれを組合せて地上にたて丶、それに椎茸が生えて居るのを眺めたりなどして苦吟したものでした、日曜日なんかには目白の啼き合せ会なんか此の境内でやつたのですから、それは閑静なものでしたよ。

処で私は三年の后、一高を去ると共に此の会にも関係がなくなりました、そして井師は文科に、私は法科にといふわけで、一時井師との間は打ち切られて、白雲去つて悠々といふ形ちでありました、処が此の縁が決して切れては居りませんでした。火山の脈のやうに烈々として其の噴出する場所と時期とを求めて居たものと見えます、世の中の事は人智をもつてしては到底わかりつこありませんね。其後、私は已に社会に出て所謂腰弁生活をやつて居たわけであります、そして茲に機縁を見出したものか層雲第一号から再び句作しはじめたものであります、それからこつちは所謂絶ゆるが如く絶えざるが如く、綿々縷々として経過して居りまする内に、三年前の私の放浪生活が突如として始まりまして以来は、以前の明治卅五六年時代の交渉以上の関係となつて来た訳なのであります。そこで、私が此島に参りまする直前、京都の井師の新居に同居して居りました事を少し話させていたゞきませう。井師の此度の今熊野の新居は清洒たるものではありますが、それは実に狭い、井師一人丈ですらどうかと思ふ位な処へ、此の飄々たる放哉が転がり込んだわけです、而も蚊がたくさん居る時分なのだから御察し下さい、一人吊りの蚊帳の中に、井師の布団を半分占領して毎晩二人で寝たわけです、其の狭い事狭い事、此の同居生活の間に私は全く井師に感服してしまつたのです。鋒鋩は已に明治卅五六年頃から有つたのではあるが、全く呉下の旧阿蒙に非ず、それは其後の鎌倉の修行もありませうし、母、妻、子、に先立たれた苦しい経験もありませう、又、其後の精神修養の結果もありませうが、兎に角偉大なものです、包容力が出来て来たのであります。井師は私に決してミユツセンと云つた事がありません、一度も意見がましい言葉を聞いた事が無いのであります、それで居て、自分で自然とさうせざるを得ぬやうな気持になつて来るのであります、之が大慈悲でなくてなんでありませう。

井師の新居に同居してゐた間は僅の事でしたけれ共、其私に与へた印象は深甚なものでありました。井師と二人で田舎路を歩いて居た時、ふとよく晴れた空を流れてゐる一片の白雲を見上げて「秋になつたねえ」といふたつた一言に直に私が共鳴するのです。或る夕べ、路傍の行きずりの小さい、多分子供の、葬式に出逢つて極めて自然に、ソツと夏帽をとつて頭を下げて行く井師にすぐと私は共鳴するのです。二人で歩いて居て、井師も亦、妻も児も無い人なんだなと思つてつくづく見ると、其の衣物の着方が如何にも下手くそなのです、而も前下りかなんかで、それを誰も手をかけてなほしてくれる人も今は無いのだ、何時でも衣物の着方の下手くそなので叱られて居た私は直に又共鳴せざるを得ぬのです。下駄の先鼻緒に力を入れて、突つかけて歩くもの故、よく下駄の先きをまだ新らしいうちに壊してしまつたり、先鼻緒を切つたりした自分を思ひ出すと、井師が又其の通り、又共鳴せざるを得ませぬ。其外、床の間の上に乗せてあつた白袴……恐らくは学生時代のであつてほしかつたが……一高の寮歌集等々、一事、一物、すべて共鳴するもの許り。僅かの間の同居生活でしたけれども、私にとつては実に異常なもので有つたのであります。
井師は今、東京に帰つて居らるゝ日どりになつて居る、なんとなく淋しい、京都に居ると思へばそうでもないのだが、東京だと思ふと、遠方だなと云ふ気持がして来るのです。私は茲で又、観音経を読まなければならぬ。机の上には、いつでも此のお経文が置いて有るのですから。扨私は此辺で一寸南郷庵に帰らせていたゞいて、庵の風物其の他につき、夜長のひとくさりを聞いていたゞきたいと思ふのであります。

我昔所造諸悪業。皆由無始貪瞋痴。
従身口意之所生。一切我今皆懺悔。

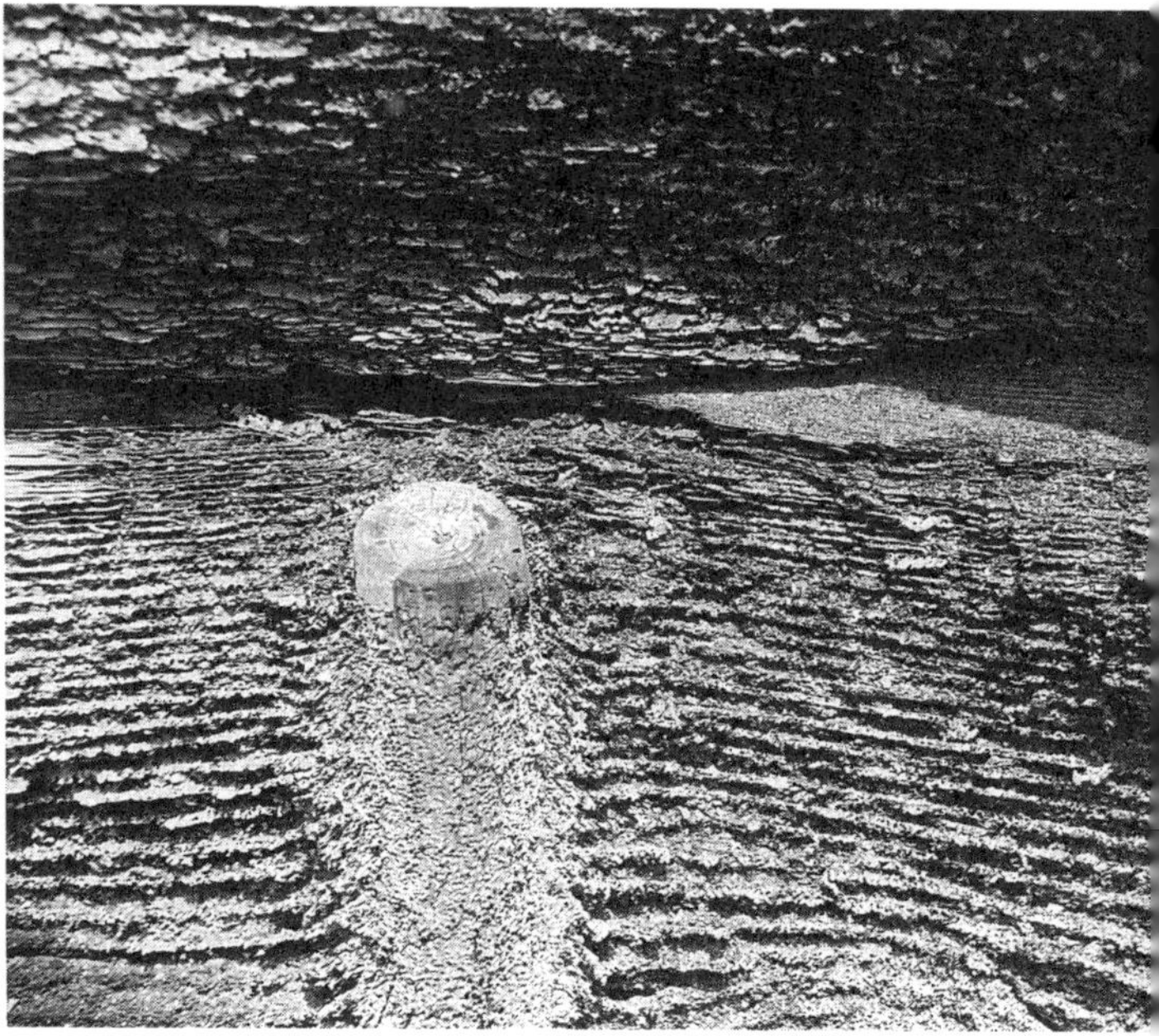

海

庵に帰れば松籟颯々、雑草離々、至つてがらんとしたものであります。往昔、芭蕉が弟子の句空に送りました句に、「秋の色糠味噌壺も無かりけり」とあります。これは、徒然草の中に、世を捨人は浮世の妄愚を払ひ捨てゝ、糂汰瓶ひとつも持つまじく、と云ふ処から出て居るのだそうでありますが、全くこの庵にも、糠味噌壺一つ無いのであります。縁を人に絶つて身を方外に遊ぶなどゝ気取つて居るわけでは毛頭ありませんし、また、その柄でも勿論ないのでありますから、時々、ふとした調子で、自分はたつた一人なのかな、と云ふ感じに染々と襲はれることであります。八畳の座敷の南よりの、か細い一本の柱に、たつた一つの背をよせかけて、其の前に、お寺から拝借して来た小さい低い四角な机を一つ置いて、お天気のよい日でも、雨がしと〱と降る日でも、風がざわ〱吹く日でも、一日中、朝から黙つて一人で座つて居ります。

座つて居る左手に、之も拝借もの……と云ふよりも、此庵に私がはいりました時残つて居つた、たつた一つの什器であつた処の小さな丸い火鉢が置いてあるのです。此の火鉢は殆んど素焼ではないかと思はれる程の瀬戸の黒い火鉢なのですが、其の火鉢のぐるりが、凡そこれ以上に毀すことは不可能であらうと思はれる程疵だらけにしてあります、之は必、前住の人が煙草好きであつて、鉄の煙管かなんかでノベツにコツンコツン毀して居た結果にちがひないと思ふのです、誠に御丹念な次第であります、此の外には道具と申してもなんにも無いのでありますから、誠にがらんとし過ぎたことであります。此の南よりの一本の柱と申すのが、甚形勝の地位に在るので、遥に北の空を塞ぐ連山を一眸のうちに入れると共に、前申した一本の大松と、奉供養大師堂之塔の碑とが、いつも眼の前を離れぬのであります。居ながらにして首を少し前にのばせば、そこは広々と低みのなだれになつて一面の芋畑、そして遠く、土庄町の一部と、西の空の開いて居るのが見えるのであります。東は例のこの庵唯一の小さい低い窓でありまして、其の窓を通して渠の如き海が見え、海の向ふには、島のなかの低い山が連つて居ります。西はすぐ山ですから、窓によつて月を賞するの便があるのみで、別に大した風情は有りませんのです。お天気のよい日には毎朝、此の東の空に並んで居る連山のなかから、太陽がグン〳〵登つて来ます。太陽の登るのは早いものですね、山の上に出たなと思つたら、もう、グッグッグッと昇つてしまひます。その早いこと、それを一人座つてだまつて静に見て居る気持ツたら全くありません。私は性来、殊の外海が好きでありまして、海を見て居るか、波音を聞いて居ると、大抵な胸の中のイザコザは消えて無くなつてしまふのです。賢者は山を好み、智者は水を愛す、といふ言葉があります、此の言葉はなかなかうま味のある言葉であると思ひます、但し、私だけの心持かも知れませんが——。一体私は、ごく小さな時からよく山にも海にも好きで遊んだものですが、だんだんと歳をとつて来るに従つて、山はどうも怖い……と申すのも可笑しな話ですが、……親しめないのですな、殊に深山幽谷と云つたやうな処に這入つて行くと、なんとはなしに、身体中が引き締められるやうな怖い気持がし出したのです、丁度、怖い父親の前に座らされて居ると云つたやうな気持です。処が、海は全くそうでは無いのであります、どんな悪い事を私がしても、海は常にだまつて、ニコ〳〵として抱擁してくれるやうに思はれるのであります。全然正反対であります。ですから私は、これ迄随分旅を致しましたうちで、荒れた航海にも度々出逢はして居りますが、どんなに海が荒れても私はいつも平気なのであります、それは自分でも可笑しいやうです、よし、船が今微塵にくだけてしまつても、自分はあのやさしい海に抱いてもらえる、と云ふ満足が胸の底に常にあるからであらうと思ひます、丁度、慈愛の深い母親といつしよに居る時のやうな心持になつて居るのであります。

私は勿論、賢者でも無く、智者でも有りませんが、只、わけなしに海が好きなのです。つまり私は、人の慈愛……と云ふものに飢え、渇して居る人間なのでありませう。処がです、此の、個人主義の、この戦闘の世の中に於て、どこに人の慈愛が求められませうか、中々それは出来にくい事であります。そこで、勢之れを自然に求める事になつて来ます。私は現在に於ても、仮令、それが理屈にあつて居ようが居まいが、又は、正しい事であらうがあるまいが、そんな事は別で、父の尊厳を思ひ出す事は有りませんが、いつでも母の慈愛を思ひ起すものであります。母の慈愛——母の私に対する慈愛は、それは如何なる場合に於ても、全力的であり、盲目的であり、且、他の何者にもまけない強い強いものでありました。善人であらうが、悪人であらうが、一切衆生の成仏を……その大願をたてられた仏の慈悲、即ち、それは母の慈愛であります。そして、それを海がまた持つて居るやうに私には考へられるのであります。

猶茲に、海に附言しまして、是非共ひとこと聞いて置いていたゞきたい事があるのであります。私が、流転放浪の三ケ年の間、常に、少しでも海が見える、或は又海に近い処にあるお寺を選んで歩いて居りましたと云ふ理由は、一に前述の通りでありますが、猶一つ、海の近い処にある空が、……殊更その朝と夕とに於て……そこに流れて居るあらゆる雲の形と色とを、それは種々様々に変形し、変色して見せてくれると云ふ事であります、勿論、其の変形、変色の底に流れて居る光りといふものを見逃がす事も出来ません。之は誰しも承知して居る事でありますが、海の近くで無いとこいつが絶対に見られないことであります。私は、海の慈愛と同時に、此の雲と云ふ、曖昧模糊たるものに憧憬れて、三年の間、飄々乎として歩いて居たといふわけであります。それが、この度、仏恩によりまして、此庵に落ち付かせていたゞく事になりまして以来、朝に、夕べに、海あり、雲あり、而も一本の柱あり、と申す訳で、況んや時正に仲秋、海につけ、雲につけ、月あり、虫あり、是れ年内の人間好時節といふ次第なのであります。

念仏

六畳の座敷は、八畳よりも七八寸位ゐ高みに出来て居りまして、茲にお大師さまがおまつりしてあるのです、此の六畳が大変に汚なくなつて居ましたので、信者の内の一人が、つい先達て畳替へをしたばかりのとこなのだそうでして、六畳の仏間は奇麗になつて居ります。此の島の人……と申しても、主に近所の年とつたお婆さん連中なのですが、お大師さまの日だとか、お地蔵さまの日だとか、或は又、別になんでも無い日にでも、五六人で鉦をもつて来て、この六畳の仏間にみんなが座つて、お念仏なり、御詠歌なりを申しあげる習慣になつて居ります。

それはお念仏を申すとか、御詠歌を申す、とか島の人は云ふのです、それで、只単に「申しに来ました」とか、「申そうぢやありませんか」と云ふ風に普通話して居ります。八九分通り迄は皆お婆さん計り……それも、七十、八十、稀には九十一というお婆さんがありましたが、又、中には、若い連中もあるのであります。そこで可笑しい事には、この御念仏なり、御詠歌なりを申しますのに、旧ぶしと新ぶしとがあるのであります。「旧ぶし」と云ふのは、ウンと年とつたお婆さん連中が申す調子であります、「新ぶし」は中年増と云つたやうな処から、十六や十七位な別嬪さんが交つて申すふしであります。そのふし廻しを聞いて居りますと、旧ぶしは平々凡々、水の流るゝが如く、新ぶしの方は、丁度唱歌でもきいて居るやうで、抑揚あり、頓挫あり、中々に面白いものであります。ですから、其の持つて居る道具にしても、旧ぶしの方は伏鉦を叩くきりですが、新ぶしの方は、鉦は勿論ありますし、それに長さ三尺位な鈴《リン》を持ちます。その鈴の棒の処々には、洋銀か、ニツケルかのカネの輪の飾りが塡めこんでありまして、ピカ〳〵光つて居る、棒の上からは赤い房がさがつて居る、中々美しいものでありますが、それを右の手に持つてリンリン振りながら、左り手では鉦をたゝく、中々面白くもあり、五人も十人も調子が揃つて奇れいなものであります。処がです、此の両派が甚合はない、云はゞ常に相嫉視して居るのであります、何しろ、一方は年よりばかり、一方は若い連中、と云ふのでありますから、色々な点から考へて見て、是非もない次第であるかも知れませぬ。

一体、関東の方では、お大師さまの事をあまりやかましく云はないやうですが、関西となると、それはお大師さまの勢力といふものは素晴らしいものであります。

私が須磨寺に居りました時、あすこのお大師さまは大したものでありまして、殊に盆のお大師さまの日と来ると、境内に見世物小屋が出来る、物売り店が並ぶ、それはえらい騒ぎ、何しろ二十日の晩は夜通しで、神戸大阪辺から五万十万と云ふ人が間断なくおまゐりに来るのですから全くのお祭りであります、……丁度東京の池上のお会式……あれと同じ事であります。その時のことでしたが、ある信者の団体は、一寸した舞台を拵へまして、御詠歌踊りと云ふのをやりました、囃しにはさき程申し上げました美くしい鈴《リン》と、それに小さい拍子木がはいります、其の又拍子木が非常によく鳴るのです、舞台では十二三から十五六迄位の美くしい娘さんが、手拭と扇子とをもつて御詠歌に合して踊るのであります。此島には未だ、この拍子木も、踊りもはいつて来て居らぬやうで有りますが、何れは遠からずしてやつて来る事でせう。然し、島の人々の信心深い事は誠に驚き入るのでありまして、内地ではとても見る事が出来ますまい。祖先に対する厚い尊敬心と、仏に対する深い信仰心には敬服する次第であります。慥か、お盆の頃の事でしたが、庵の前の道を、「此のお花は盆のお墓にあげようと思つて此春から丹念に作つて居りましたが……」など云ひ交しながら通つて行く島人の声をきいて居まして、しんみりとさせられた事でした。

鉦たたき

私がこの島に来たのは未だ八月の半ば頃でありましたので、例の井師の句のなかにある、「氷水でお別れ」をして京都を十時半の夜行でズーとやつて来たのです。ですから非常に暑くて、浴衣一枚すらも身体につけて居られない位でした、島は到る処これ蟬声嘒々。しかし季節といふものは争はれないもので、それからだんだんと虫は啼き出す、月の色は冴えて来る、朝晩の風は白くなつて来ると云ふわけで、庵も追々と、正に秋の南郷庵らしくなつて参りましたのです。

一体、庵のぐるりの庭で、草花とでも云へるものは、それは無暗と生えて居る実生の鶏頭、美くしい葉鶏頭が二本、未だ咲きませぬが、之も実生の十数株の菊、それと、白の一重の木槿が二本……裏と表とに一本宛あります、二本共高さ三四尺位で、各々十数個の花をつけて居ります、そして、朝風に開き、夕靄に蕾んで、長い間私をなぐさめてくれて居ります。まあこれ位なもので有りませう。あとは全部雑草、殊に西側山よりの方は、名も知れぬ色々の雑草が一面に山へかけて生ひ繁つて居ります。然し、よく注意して見ると、これ等雑草の中にもホチホチ小さな空色の花が無数に咲いて居ります、島の人は之を、かまぐさ、とか、とりぐさ、とか呼んで居ります。丁度小鳥の頭のやうな恰好をして居るからだそうです、紺碧の空色の小さい花びらをたつた二まい宛開いたまんま、数知れず、黙りこくつて咲いて居ます。私だちも草花であります、よく見て下さい――と云つた風に。

こう云ふ有様ですから、追々と涼しくなつて来るといつしよに、所謂、虫声唧々。あたりがごく静かですから昼間でも啼いて居ます、雨のしとしと降る日でも啼いて居ります。ですから夜分になつて一層あたりがシンカンとして来ると、それは賑かなことであります。私は朝早く起きることが好きでありまして、五時には毎朝起きて居りますし、どうかすると、四時頃、まだ暗いうちから起き出して来て、例の一本の柱によりかゝつて、朝がだんだんと明けて来るのを喜んで見て居るのであります。そう云つた風ですから、夜寝るのは自然早いのです。暮れて来ると直ぐに蚊帳を吊つて床の中には入つてしまひます、殆んど今迄ランプをつけた事が無い、これは一つは、私の大敵である蚊群を恐れる事にもよるのですけれども、まづ、暗くなれば、蚊帳のなかにはいつて居るのが原則であります、そして布団の上で、ボンヤリして居たり、腹をへらしたりして居ります。ですから自然、夜は虫なく声のなかに浸り込んで聞くともなしに聞いて居るときが多いのであります。ヂツとして聞いて居ますと、それは色々様々な虫がなきます、遠くからも、近くからも、上からも、下からも、或は風の音の如く、又波の叫びの如く。そのなかに一人で横になつて居るのでありますから、まるで、野原の草のなかにでも寝てゐるやうな気持がするのであります、か様にして一人安らかな眠りのなかに、いつとは無しに落ち込んで行くのであります。その時なのです、フト（鉦叩き）がないているのを聞き出したのは――

鉦叩きと云ふ虫の名は古くから知つて居ますが、其の姿は実の処私は未だ見た事がないのです、どの位の大きさで、どんな色合をして、どんな恰好をして居るのか、チツトも知りもしない癖で居て、其のなく声を知つてるだけで、心を牽かれるのであります。此の鉦叩きといふ虫のことについては、かつて、小泉八雲氏が、なんかに書いて居られたやうに思ふのですが、只今、チツトも記憶して居りません。只、同氏が、大変この虫の啼く声を賞揚して居られたと云ふ事は決して間違ひありません。東京の郊外――渋谷辺にも――にもちよい〳〵居るのですから、御承知の方も多いであらうと思はれますが、あの、カーン、カーン、カーン、と云ふ啼き声が、何とも云ふに云れない淋しい気持をひき起してくれるのです。それは他の虫等のやうに、その声には、色もなければ、艶もない、勿論、力も無いのです、それで居てこの虫がなきますと、他のたくさんの虫の声々と少しも混雑することなしに、只、カーン、カーン、カーン、…………如何にも淋しい、如何にも力の無い声で、それで居て、それを聞く人の胸には何ものか非常にこたえるあるものを持つて居るのです。そのカーン、カーン、と云ふ声は、大抵十五六遍から、二十二三遍位くり返すやうです、中には、八十遍以上も啼いたのを数えた……寝ながら数えた事がありましたが、まあこんなのは例外です、そして此の虫は、一ケ所に決してたくさんは居らぬやうであります、大抵多いときで三疋か四疋位、時にはたつた一疋でないて居る場合――多くの虫等の中に交つて――を幾度も知つて居るのであります。

瞑目してヂツと聞いて居りますと、この、カーン、カーン、カーン、と云ふ声は、どうしても此の地上のものとは思はれません。どう考へて見ても、この声は、地の底、四五尺の処から響いて来るやうにきこえます、そして、カーン、カーン、如何にも鉦を叩いて静かに読経でもしてゐるやうに思はれるのであります。これは決して虫では無い、虫の声では無い、……坊主、しかも、ごく小さい豆人形のやうな小坊主が、まつ黒い衣をきて、たつた一人、静かに、……地の底で鉦を叩いて居る、其の声なのだ、何の呪詛か、何の因果か、どうしても一生地の底から上には出る事が出来ないやうに運命づけられた小坊主が、たつた一人、静かに、……鉦を叩いて居る、一年のうちで只此の秋の季節だけを、仏から許された法悦として、誰に聞かせるのでもなく、自分が聞いて居るわけでも無く、只、カーン、カーン、カーン、……死んで居るのか、生きて居るのか、それすらもよく解らない………只而し、秋の空のやうに青く澄み切つた小さな眼を持つて居る小坊主………私には、どう考へなほして見てもこうとしか思はれないのであります。

　其の私の好きな、虫のなかで一番好きな鉦叩きが、この庵の、この雑草のなかに居たのであります。私は最初その声を聞きつけた時に、ハツと思ひました、あゝ、居てくれたか、居てくれたのか……それもこの頃では秋益々闌けて、朝晩の風は冷え性の私に寒いくらゐ、時折、夜中の枕に聞こえて来るその声も、これ恐らくは夢でありませう。

石

土庄の町から一里ばかり西に離れた海辺に、千軒といふ村があります、島の人はこれを「センゲ」と呼んで居ります。この千軒と申す処が大変によい石が出る処だそうでして、誰もが最初に見せられた時に驚嘆の声を発するあの大阪城の石垣の、あの素晴らしい大きな石、あれは皆この島から、千軒の海から運んで行つたものなのだそうです。今でも絵はがきで見ますと、其の当時持つて行かれないで、海岸に投げ出したまゝで残つて居るたくさんの大石が磊々として並んで居るのであります。石、殆んど石から出来上つて居るこの島、大変素性のよい石に富んで居るこの島、…………こんな事が私には妙に、たまらなく嬉しいのであります。

現に、庵の北の空を塞いで立つて居るかなり高い山の頂上には――それは、朝晩常に私の眼から離れた事のない――実になんとも言はれぬ姿のよい岩石が、たくさん重なり合つて、天空に聳へて居るのが見られるのであります。亭々たる大樹が密生して居るがために黒いまでに茂つて見える山の姿と、又自ら別様の心持が見られるのであります。否寧ろ私は其の赤裸々の、素ツ裸の、開けツ拡げた山の岩石の姿を愛する者であります。恐らく御承知の事と思ひます。此の島が、かの、耶馬渓よりも、と称せられて居る寒霞渓を、其の岩石を、懐深く大切に愛撫して居ることを――。私は先年、暫く朝鮮に住んで居たことがありますが、あすこの山はどれもこれも禿げて居る山が多いのであります、而も岩山であります。之を植林の上から、又治水の上から見ますのは自ら別問題でありますが、赤裸々の、一糸かくす処のない岩石の山は、見た眼に痛快なものであります。山高くして月小なり、猛虎一声山月高し、など申しますが、猛虎を放つて咆吼せしむるには岩石突兀たる山に限るやうであります。

　話しが又少々脱線しかけたやうでありますが、私は、必ずしも、その、石の怪、石の奇、或は又石の妙に対してのみ嬉しがるのではありません、否、それ処では無い、私は、平素、路上にころがつて居る小さな、つまらない石ツころに向つて、たまらない一種のなつかしい味を感じて居るのであります。たまたま、足駄の前歯で蹴とばされて、何処へ行つてしまつたか、見えなくなつてしまつた石ツころ、又蹴りそこなつて、ヒヨコンとそこらにころがつて行つて黙つて居る石ツころ、なんて可愛い丶者ではありませんか。なんで、こんなつまらない石ツころに深い愛惜を感じて居るのでせうか。つまり、考へて見ると、蹴られても、踏まれても何とされてもいつでも黙々としてだまつて居る……其の辺にありはしないでせうか、いや、石は、物が云へないから、黙つて居るより外にしかたが無いでせうよ。そんなら、物の云へない石は死んで居るのでせうか、私にはどうもそう思へない、反対に、すべての石は生きて居ると思ふのです。石は生きて居る。どんな小さな石ツころでも、立派に脈を打つて生きて居るのであります。石は生きて居るが故に、その沈黙は益々意味の深いものとなつて行くのであります。よく、草や木のだまつて居る静けさを申す人がありますが、私には首肯出来ないのであります。何となれば、草や木は、物をしやべりますもの、風が吹いて来れば、雨が降つて来れば、彼等は直に非常な饒舌家となるではありませんか、処が、石に至つてはどうでせう、雨が降らうが、風が吹かうが、只之、黙又黙、それで居て石は生きて居るのであります。

私は屢々、真面目な人々から、山の中に在る石が児を産む、小さい石ツころを産む話しを聞きました。又、久しく見ないで居た石を偶然見付けると、キツト太つて大きくなつて居るといふ話しを聞きました。之等の一見つまらなく見える話しを、鉱物学だとか、地文学だとか云ふ見地から、総て解決し、説明し得たりと思つて居ると大変な間違ひであります。石工の人々にためしに聞いて御覧なさい。必皆異口同音に答へるでせう、石は生きて居ります……と。どんな石でも、木と同じやうに木目と云つたやうなものがあります、その道の方では、これを、くろたま、と云つて居ます。ですから、木と同様、年々に太つて大きくなつて行くものと見えますな……とか、石も、山の中だとか、草ツ原で呑気に遊んで居るときはよいですが、一度、吾々の手にかゝつて加工されると、それつ切りで死んでしまうのであります。例へば石塔でもです、一度字を彫り込んだ奴を、今一度他に流用して役に立てゝやらうと思つて、三寸から四寸位も削りとつて見るのですが、中はもうボロ〳〵で、どうにも手がつけられません、つまり、死んでしまつて居るのですな、結局、漬物の押し石位なものでせうよ。それにしても、少々軽くなつて居るかも知れませんな……とか、こう云つたやうな話しは、ザラに聞く事が出来るのであります。石よ、石よ、どんな小さな石ツころでも生きてピンピンして居る、その石に富んで居るこの島は、私の感興を惹くに足るものでなくてはならない筈であります。

庵は町の一番とつぱしの、一寸小高い処に立つて居りまして、海からやつて来る風にモロに吹きつけられて、只一本の大松のみをたよりにして居るのであります。庵の前の細い一本の道は、西南の方へ爪先き上りに登つて行きまして私を山に導きます、そして、そこにある寂然たる墓地に案内してくれるのであります。この辺はもう大分高みでありまして、そこには、島人の石塔が、白々と無数に林立してをります。そして、どれもこれも、皆勿体ない程立派な石塔であります、申す迄も無く、島から出る好い石が、皆これ等の石塔に作られるのです、そして、雨に、風に、月に、いつも黙々として立ち並んでをります。墓地は、秋の虫達にとつては此上もないよい遊び場所なのでありますが、已に肌寒い風の今日此頃となりましては、殆んど死に絶えたのか、美くしい其の声もきく事が出来ません、只々、いつ迄もしんかんとして居る墓原、これ等無数に立ち並んで居る石塔も、地の下に死んで居る人間と同じやうに、みんなが死んで立つて居るのであります、地の底も死、地の上も死、……………あゝ、私は早く庵にかへつて、私のなつかしい石ツころを早く拾ひあげて見ることに致しませう、生きて居る石ツころを——。

颪

市中甚遠からねば、杖頭に銭をかけて物を買ふ足の労を要せず、而も、市中又甚近からねば、窓底に枕を支へて夢を求むる耳静なり、それ、巣居して風を知り、穴居して雨を知る……

こう書き出しまするとまるで、鶉衣にある文句のやうで、すつかり浮世離れをして居る人間のやうに思はれるのですが、其の実はこれ、俗中の俗、窃に死ぬ迄の大俗を自分だけでは覚悟して居るので有ります。が然し、庵の場所は全く申し分なしで、只今申上た通り、市中を去ること余り遠くもなく、さりとて又近過ぎもせず、勿論、巣居であり、穴居でありますが、俗物にとつては甚以て都合のよろしい位置に建つて居るのであります。巣と申せば鳥に非ずとも必ず風を連想しますし、穴と申せば虫に非ずとも必ず雨を思ひ起します、入庵以来日未だ浅い故に、島の人々との間の交渉が、自ら少なからざるを得ないから、自然、毎日朝から庵のなかにたつた一人切りで座つて居る日が多いのであります。独居、無言、門外不出……他との交渉が少ないだけそれだけに、庵そのものと私との間には、日一日と親交の度を加へて参ります。一本の柱に打ち込んである釘、一介の畳の上に落ちて居る塵と雖、私の眼から逃れ去ることは出来ませんのです。

今暫くしますれば、庵と私と云ふものとが、ピタリと一つになり切つてしまふ時が必ず参ること、信じて居ります。只今は正に晩秋の庵……誠によい時節であります。毎朝五時頃、まだウス暗いうちから一人で起き出して来て……庵にはたつた一つ電灯がついて居まして、之が毎朝六時頃迄は灯つて居ります……東側の小さい窓と、西側の障子五枚とをカラリとあけてしまつて、仏間と、八畳と、台所とを掃き出します、そしてお光りをあげて西側の小さい庭の例の大松の下を掃くのです。この頃になると電気が消えてしまひまして、東の小窓を通して見える島の連山が、旭日の登る準備を始めて居ります、其の雲の色の美くしさ、未だ町の方は実に静かなもので、何もかも寝込んで居るらしい、只海岸の方で時折漁師の声がきこえてくる位なもの――。これが私のお天気の日に於ける毎日のきまつた仕事であります、全く此頃お天気の日の庵の朝、晩秋の夜明の気持は何とも譬へやうがありません。若しそれ、これが風の吹く日であり、雨の降る日でありますと、又一種別様な面白味があるのであります。島は一体風の大変よく吹く処で、殊に庵は海に近く少し小高い処に立つて居るものですから、其の風のアテ方は中々ひどいのです。此の辺は余り西風は吹きませんので、大抵は海から吹きつける東南の風が多いのであります。今日は風だな、と思はれる日は大凡わかります。それは夜明けの空の雲の色が平生と異ふのであります、一寸見ると晴れそうで居て、其の雲の赤い色が只の真ツ赤な色ではないのです、之は海岸のお方は誰でも御承知の事と思ひます、実になんとも形容出来ない程美くしいことは美くしいのだけれども、其の真ツ赤の色の中に、破壊とか、危惧とか云つた心持の光りをタツプリと含んで、如何にも静かに、又如何にも奇麗に黎明の空を染めて居るのであります。こんな雲が朝流れて居る時は必ず風、……間も無くそろそろ吹き始めて来ます、庵の屋根の上には例の大松がかぶさつて居るのですから、之がまつ先きに風と共鳴を始めるのです、悲鳴するが如く、痛罵するが如く、又怒号するが如く、其の騒ぎは並大抵の音ぢやありません。庵の東側には、例の小さな窓一つ開いて居る切りなのですから、だんだん風がひどくなつて来ると、其の小さい窓の障子と雨戸とを閉め切つてしまひます、それでおしまひ。外に閉める処が無いのです。ですから、部屋のなかはウス暗くなつて、只西側の明りをたよりに座つて居るより外致し方がありません。こんな日にはお遍路さんも中々参りません、墓へ行く道を通る人も勿論ありません。風はえらいもので、どこからどう探して吹き込んで来るものか、天井から、壁のすき間から、ヒユー、ヒユーと吹き込んで参ります。庵は余り新しくない建て物でありますから、ギシギシ、ミシミシ、どこかしこが鳴り出します、大松一人威勢よく風と戦つて居ります。夜分なんか寝て居りますと、すき間から吹き込んだ風が天井にぶつかつて其の儘押し上げるものと見えまして、寝て居る身体が寝床ごといつしよにスーと上に浮きあがつて行くやうな気持がする事は度々のことであります、風の威力は実にえらいものであります。私の学生時代の友人にK……今は東京で弁護士をやつて居ります……と云ふ男がありましたが、此の男、生れつき風を怖がること夥しい、本郷のある下宿屋に二人で居ました時なんかでも、夜中に少々風が吹き出して来て、ミシ〳〵そこらで音がし始めると、とても一人でじつとして自分の部屋に居ることが出来ないのです。それで必ず煙草をもつて私の部屋にやつて来るのです、そして、くだらぬ話しをしたり、お茶を呑んだり煙草を吸つたりしてゴマ化して置くのですね、私も最初のうちは気が付きませんでしたが、とう〳〵終ひに露見したと云ふわけです、あんなに風の音を怖がる男は、メッタに私は知りません、それは見て居ると滑稽な程なのです、処が、此の男に兜を脱がなければならないことが、こんどは私に始まつたのです。それは……誠に之も馬鹿げたお話なのですけれ共……私は由来、高い処にあがるのが怖いのです、それも、山とか岳とかに登るのではないので、例へば、断崖絶壁の上に立つとか、素敵に高いビルデングの頂上の欄干もなにもないその一角に立つて垂直に下を見をろすとか、そう云ふ場合には私はとても堪へられぬのです、そんな処に長く立つて居ようものなら、身体全体が真ッ逆様に下に吸ひ込まれそうな気持になるのです、イヤ、事実私は吸ひ込まれて落ちるに違ひありません、と申すのは、そう云ふ高い処から吸込まれて落込む夢を度々見るのですから。処がこのＫです、あの少しの風音すらも怖がるＫが、右申上げたやうな場合は平気の平左衛門なのです、例へば浅草の十二階……只今はありませんが……なんかに二人であがるとき、いつでも此の意気地無し奴がと云ふやうな顔付をして私を苦しめるのです。丁度、蛇を怖がる人と、毛虫を怖がる人とが全然別の人であるやうなものなんでせう。浅草といへば、明治三十年頃ですが、向島で、ある興行師が、小さい風

船にお客を乗せて、それを下からスル〳〵とあげて、高い空からあたりを見物させることをやつたことがあります。処がどうです、此のKなる男は、その最初の搭乗者で、そして大に痛快がつて居るといふ有様なのです……いや、例により、とんだ脱線であります。扨て風の庵の次は雨の庵となるわけですが、全体此の島は雨の少ない土地らしいのです、ですから時々雨になると大変にシンミリした気持になつて座つて居ることが出来ます。しかし庵の雨は大抵の場合に於て風を伴ひますので、雨を味ふ日などは、ごくごく今迄は珍しいのでした。そんな日はお客さんも無し、お遍路さんも来ず、一日中昼間は手紙を書くとか、写経をするとか、読経するとかして暮します、雨が夜に入りますと、益々しつとりした気分になつて参ります。

灯

庵のなかにともつて居る夜の明りと申せば、仏さまのお光りと、電灯一つだけであります……之もつい先日迄はランプであつたのですが、お地蔵さまの日から電灯をつけていたゞくことになりました。一に西光寺さんの御親切の賜であります、入庵以来幾月もたゝないのですが、どの位西光寺さんの御親切、母の如き御慈悲に浴しましたことか解りません、具体的には少々楽屋落ちになりますから、これは避けさせていたゞきます……それだけの灯りがある丈であります、扨、庵の外の灯ですが、之が又数へる程しか見えないのであります。北の方五六町距つた処の小さい岳の上にカナ仏さまがあります……矢張りお大師さまで……その上に一つの小さい電気がともつて居ります、それから西の方は遥か十町ばかり離れて、町家の灯が低く一つ見えます、東側には海を越えた島の山の中腹に、ポツチリ一つ見えます、多分お寺かお堂らしいですが、以上申上た三ツの灯を、而もどれも遥かの先きに見得る丈であります、自然庵のぐるりはいつも真ツ暗と申してさし支へありますまい。イヤ、お墓を残して居りました。庵の上の山に在る墓地に、ともすると時々ボンヤリと一つ二つ灯が見えることがあります、之は、新仏のお墓とか、又は年回などの時に折々灯される灯火なのです、「明滅たり」とは、正にこの墓地の晩に時々見られる灯火のことだらうと思はれる程ボンヤリとして山の上に灯つて居ります。私は、こんな淋しい処に一人で住んで居りながら、之で大の淋しがりやなんです、それで夜淋しくなつて来ると、雨が降つて居なければ、障子をあけて外に出て、このたつた三つしかない灯を、遥の遠方に、而も離れ離れに眺めて一人で嬉しがつて居るのであります。墓地に灯が見える時は猶一層にぎやかなのですけれ共そうそうは贅沢も云へない事です。庵の後架は東側の庭にありますので、用を足すときは必ず庵の外に出なければなりません。例の、昼間海を眺めるにしましても、夜お月さまを見るにも、そしてこの灯火を見るにも、私が度々庵の外に出ますのですから、大変便利であります、何が幸になるものか解りませんね、後架が外にあることがこれ等の結果を産み出すとは。灯と申せば、私が京都の一灯園に居りました時分、灯火に対して抱いた深刻な感じを忘れることが出来ません、此の機会に於て少し又脱線さしていたゞきませう。一寸その前に一灯園なるもの、様子を申上げませう、これは余談ですが層雲同人の金井夕明さん、あの方は、慥か何年前の夏、一灯園に暫く居られたやうに私は園で承つて居たのですが、或はあの金井さんか、それとも別の人なのか、一度金井さんに御伺して見よう〳〵と思ひつゝ今日迄失礼して居る次第であります。層雲同人で一灯園に居られた方は割合に少ないだらうと思ひますから少し書いて見ませう。園は御承知かも知れませんが、京都の洛東鹿ケ谷に在ります、紅葉の名所で有名な永観堂から七八丁も離れて居りませうか、山の中腹にポツンと一軒立つて居ります、それは実に見すぼらしい家で、井師は已に御承知であります、いつぞや北朗さんとお二人で園にお尋ねにあづかつた事がありますから……それでも園のなかには入りますと、道場もあれば、二階の座敷もある、と云つたやうなわけ。庭に一本の大きな柿の木があります、用水は山水、之が竹の樋を伝つて来るのですから、よく毀れては閉口したものでした。在園者はいつでも平均男女合して三十人から四十人は居りませうか、勿論その内容は、毎日、去る者あり、来るものありと云ふのでして、在園者は実によく変ります。私は一昨年の秋、而もこの十一月の二十三日、新嘗祭の日をトして園にとび込みました。私は満州に居りました時二回も左側湿性肋膜炎をやりました、何しろ零度以下四十度なんと云ふ事もあるのですから私のやうな寒がりにはたまりません、其の時治療してもらつた満鉄病院々長A氏から……猶これ以上無理をして仕事をすると……と大に脅かされたのが此生活には入ります最近動機の有力なる一つとなつて居るのであります。満州からの帰途長崎に立ち寄りました、あそこは随分大きなお寺がたくさん有る処でありまして、耶教撲滅の意味で威嚇的に大きくたてられたお寺ばかりです、何しろ長崎の町は周囲の山の上からお寺で取りかこまれて居ると見ても決して差支へありません。そこで色々と探して見ましたが、扨、是非入れて下さいと申す恰好なお寺と云ふものがありませんでした、そこで機縁が一灯園と出来上つたと云ふわけであります。長崎から全く無一文、裸一貫となつて園にとび込みました時の勇気と云ふものは、それは今思ひ出して見ても素晴らしいものでありました。何しろ、此の病軀をこれからさきウンと労働で叩いて見よう、それでくたばる位なら早くくたばつてしまへ、せめて幾分でも懺悔の生活をなし、少しの社会奉仕の仕事でも出来て死なれたならば有り難い事だと思はなければならぬ、と云ふ決心でとび込んだのですから素晴らしいわけです。殊に京都の酷寒の時期をわざ〱選んで入園しましたのも、全く如上の意味から出て居ることでした。京都の冬は中々底冷えがします。中々東京のカラツ風のやうなものぢやありません、そして鹿ケ谷と京都の町中とは、いつでも、その温度が五度位違ふのですからひどかつたです。一体、園には、春から夏にかけては入園者が大変に多いのですが、秋からかけて酷寒となるとウンと減つてしまひます、いろんな事が有るものですよ。扨それから大に働きましたよ、何しろ死ねば死ねのモツトーでありますから、園では朝から一飯もたべません、朝五時に起きて掃除がすむと、道場で約一時間程の読経をやります、禅が根底になつて居るやうでして、主に禅宗のお経をみんなで読みます。但、由来何宗と云ふことは無いので、園の者はお光り、お光り、お光りを見る、と申して居る位ですから、耶教でもなんでもかまひませぬ、以前、耶教徒の在園者が多かつたときは、賛美歌なり、御祈りなり、朝晩みんなでやつたものだそうです、それも、オルガンを入れてブーカ〱やり、一方では又、仏党の人々が木魚をポク〱叩いて読経したのだと申しますから随分、変珍奇であつたであらうと思はれます。現在では皆読経に一致して居ります、読経がすむと六時から六時半になります、それから皆て〱各自その日の托鉢先き（働き先き）に出かけて行くのです。園から電車の乗り場まで約半里はあります、そこからまづ京都の町らしくなるのですが、園の者は二里でも三里でも大抵の処は皆歩いて行くことになつて居ります——と申すのは無一文なんですから。先方に参りましてまづ朝飯をいたゞく、それから一日仕事をして、夕飯をいたゞいて帰園します。帰園してから又一時間程読経、それから寝ることになります。何しろ一日中くたびれ果てゝ居ることとて、読経がすむと、手紙書く用事もなにも有つたもんぢやない、煎餅のやうな布団にくるまつて其の儘寝てしまうのです。園にはどんな寒中でも火鉢一つあつたことなし、夜寝るのにも只障子をしめる丈けで雨戸は無いのですから、それはスッパリしたものです。扨私が灯火に対して忘れることの出来ない思ひ出と申しますのは、この、朝早くまだ暗いうちから起き出して来て、遥か山の下の方に、まだ寝込んで居る京都の町々の灯、昨夜の奮闘に疲れ果てゝ今暫くしたら一度に消えてしまはうと用意して居る数千数万の白たゝけた京都の町々の灯を眺めて立つて居る時と、夜分まつ暗に暮れてしまつてから、其の日の仕事にへト〱に疲労し切つた足を引きづつてポツリ〱暗の中の山路を園に戻つて来るとき、処々に見える小さい民家の淋しそうな灯火の外に、自分の背後に、遥か下の方に、ダイヤか、プラチナの如く輝いて居る歓楽の都……京都の町々のイルミネーシヨンを始め其他数万の灯火の生き〳〵した、誇りがましい輝かしさを眺めて立つて居た時の事なのです。此時の私の心持なのであります。此時の私の感じは、淋しいでも無し、悲しいでもなし、愉快でもなし、嬉しいでも無し、泣きたいでも無し、笑ひたいでもなし、なんと形容したら十分に其の感じが云ひ現はされるのであらうか、只今でも解りかねる次第であります。只ボーツとして居るのですな、無心状態とでも申しませうか、喜怒哀楽を超越した感じ、そう云つた風なものでありました、而もそれが、いつ迄たつても少しも忘れられませんのです、灯火の魅力とでも申しませうか、灯に引き付けられて居る状態ですな。灯火といふものは色々な点から吾人の胸底をシヨックするものであると云ふことをつく〴〵感じた次第であります。此時の感じをうまく表現して見たいと思つたのですが、これ以上到底なんとも申し上げやうが無いのが遺憾至極であります、この位で御察し下さいませ。次にこの毎日の仕事……園では托鉢と申して居ります……之が実に種々雑多のものでありまして、一寸私が今思ひ出して見た丈けでも、曰く、お留守番、衛生掃除、ホテル、夜番、菓子屋、ウドン屋、米屋、病人の看護、お寺、ビラ撒き、ボール箱屋、食堂、大学の先生、未亡人、簡易食堂、百姓、宿屋、軍港、小作争議、病院の研究材料（之はモルモツトの代りになるのです）等々、何しろ商売往来に名前の出てないものがたくさんあるのですから数へ切れません、これ等一つ一つの托鉢先きの感想を書いても面白い材料はいくらでもありませう。扨、私がこれ等の托鉢を毎日〳〵やつて居ります間に、大に私のためになることを一つ覚えたのであります。それはこう云ふ事です、百万長者の家庭には入つて見ても、カラ〳〵の貧乏人の家庭には入つて行つて見ましても、何かしら、其の家のなかに、なんか頭をなやます問題が生じて居る、早い話しが、お金に不自由が無い家とすれば、病人が有るとか、相続人が無いとか、こう云つた風なことなのです、ですから万事思ふ儘になつて、不満足な点は少しも無いと云ふやうな家庭は、どこを探して見ても、それこそ少しも無いと云ふ事でありました。仏力は広大であります、到る処に公平なる判断を下して居られるのであります。それと今一つ私の感じたことは、筋肉の力の不足と云ふことです、これは私が在園中の正直な体験なのですが、幸か不幸か、死ぬなら死んでしまへとほうり出した肉体は、其後今日迄別段異状無くてやつて来たのでしたが、只、人間も四十歳位になりますと、いくら気の方は慥であつても、筋肉、体力の方が承知を致しません、無理は出来ない、力は無くなつて居る、園の托鉢はなんと申しましても力を要する仕事が一番多いのでありますから、最初のうちは、ナニ若い者に負けるものかと云ふ元気でやつて居つたもの丶、到底長続きがしないのです。ですから一灯園には入るお方は、まづ、二十歳から三十二三歳迄位の青年がよろしいやうです、又実際に於て四十なんて云ふ人は園にはそんなに居りはしません、居つても続きません。私は入園した当時に、如何にも若い、中には十七八歳位な人の居るのに驚いたのです、こんな若い年をして、何処に人生に対し、又は宗教に対して疑念なんかを抱くことが出来るであらう？……而しまあ、以前申した年頃の人々には、よい修行場と思はれます、年輩者には駄目です。天香さんと云ふ人は慥にえらい人に違ひない、あの園が、二十年の歴史を持つて居ると云ふ点だけ考へて見ても解る事です、そして、智能の尤すぐれた人であります。玆に一つの挿話を書いて置きませう、或る日、天香さんと話して居たとき、なんの話からでしたか、アンタは俳句を作られるそうですな、と云ふ事なので、エ丶そうです。どうです一日に百句位作れますか？　さすがの天香さんも、俳句については矢張り門外の人であつたのであります、園で俳句をやつて居る人々もあるやうでしたが、大抵、ホトトギス派のやうに見受けました事

でした。扨、非常な大脱線で、且、大分ゴタ〳〵して来ましたから、此の入庵記もひとまづ此の辺で打ち切らしていたゞかうと思ひます、筆を擱くにあたりまして、今更ながら井師の大慈悲心に想到して何とも申すべき言葉が御座いません、次に西光寺住職、杉本師に対しまして、之又御礼の言葉も無い次第であります。杉本師は、同人としては玄々子と称して居られますが、師は前一寸申上げた通り、相対座して御話して居ると、全く春風に頬を撫でられて居るやうな心持になるのであります、此の偉大な人格の所有主たる杉本師の庇護の下に、南郷庵に居らせていたゞいて居ると申します事は、私としまして全く感謝せざるを得ない事であります。同人井上一二氏に対する御礼の言葉は余りに親しき友人の間として此際、遠慮して置きます。扨改めて以上お三方に深い感謝の意を表しまして此の稿を終らせていたゞきます、南無阿弥陀仏。

（完、十一月五日）

書簡

本文庫には、『放哉全集（全三巻）』（筑摩書房刊、平成十三年〜十四年）掲載の書簡の中から四十五通を選び、時代に分けて収録した。書簡の選択および各時代の解説は小山貴子氏に協力をお願いした。

学生時代

放哉は明治三十八年七月に第一高等学校を卒業し、同年九月、東京帝国大学法学部に入学する。当時「ホトトギス」や「国民新聞」俳句欄に投句しており、句作熱の高い時期であった。放哉には、休み毎に連れ立って帰郷する従兄妹の澤静夫、芳衛がいた。芳衛は日本女子大学の学生であったが、彼女の卒業する前年の三十八年九月に求婚する。芳衛に異存はなかったものの、東京大学医学部に学ぶ静夫に血族結婚を理由に反対され、静夫を敬愛していた二人には以後苦悩と葛藤の日々が続く。放哉が馨と婚約するという形で二人の関係には終止符が打たれるのであるが、それまでの間芳衛宛に頻繁に手紙が届けられたという。しかし、それらの恋文は放哉からの申し出により火中に投ぜられたが、一部は芳衛によって彼女の晩年まで秘蔵されていた。

〔小山貴子〕

1　沢　芳衛　宛

明39・9以降発信地不明

報近状　返事ハ早ク書クモノ也
今朝はめづらしく早起して御手紙拝誦仕り候、色々と心配してくれて誠にありがたい、此間は、つまらない手紙を書いた、今日は其結論をつけて見んと存じ候、要するに、矛盾して居る傾向を裁断してしまへばよい、そして一方に血路を求むれバそれで結論はつくのだ　凡そ万事知らねバ知らぬで済んでしまう物だ、知るは、妄の始也で、知らぬは仏に候、されど、一度知りたる以上は、是非共其渦中に這入らねばならぬ　渦中で一生を終るか、再其の渦中を出て、所謂一方の血路を発見するか、こゝが苦心を要する処、と存じ候、生れ落ちるより金満家の内にそだちし人は、裕々たる態度あるものに候、之知らずして裕々たる態度を得たるものに候、されば、一度其の唯一の原動力、金、を失はんか、木から落ちた猿也、貧窮に生れて裕々たる襟度を得し人は、之修養して得たる也、金がなくなるとも、之風馬牛ノミ　平坦に行けば知らぬで済んでしまへ共、危険千万也、――以上は、自分の感慨也、結論

と何等ノ関係なし、
今更、可笑しい様なれ共、自分等の仲間、（四千人の大学生といへば、大袈裟ナレド）に甚あきたらず、彼等は出校后は、少なくも、中流以上の社会に入る人々ならずや、その人々等が、何の為に勉強して居るのやら、自分には、わけのわからぬ事多し、勉強する為に勉強すると答ふる者あらんもそは逃口上也、学校を出てから金をためる話しや、美くしい嫁サンをもらう話しや、代議士になつて人に威張る話しやこんな話しを聞いて居ては、自分には、どうも、満足できず、彼等が卒業して后、大臣となり、其他知名の士となるは、よけれ共、「大臣となる事」その事を彼等は喜ぶ也、「知名の士となる」、その事を喜ぶ也、彼等は、勉強して居るオ影で、自然と大臣となる也、知名の士となる也、只それ丈を喜ぶ也、東京を発する者が、歩むが故に、静岡ニ達するが如し、再歩むが故に又、名古屋に達するが如し、之は事実也、歩むが故に、知らぬ間に、静岡に達し、名古屋につく也、知らぬが仏也の類と思ふ、彼等は「何の為めに、大臣となるのか」、「何の為めに、――何をなさんが為めに、知名の士となるのか」については、何等の決心も有せず、主義もなし、金をタメル為や、ヨイ嫁さんをもらう為めでは、勿論話しにならず、かくして、彼等は、勉強してゐる間に、自然と大臣となり自然と、知名の士となり、知名の士とせられて、フラ〳〵行く内に、驚いて死んでしまう也、彼等が知名の士となりて、相当の言行をなすは、知名の士になりたるが故になすのミ、彼等はもと〳〵、何の為め、何をなさんが為めに、知名の士となる可きや、について、決心もなく主義もなし、又何の多とする処あらんや、――大学生、――毎日通学して勉強してゐる同輩を見る度に、それと語る度に、甚物足らぬ心持するは之が為也、此頃は、ホト〳〵嫌になれり、通学するのもいやな、気持がする、――之蓋し、人のセン気を、病みすぎるものならんやも知れず、――大学生をみたら、大抵みんな、この位な、ツマラヌ考で勉強してる輩と思ふ可し、以上で話しの一段落として、これから又別の問題となる、全体、「総ての人が幸になる様に」と云ふのが、自分の看板なので、此目的を貫徹させせんためには、戦争などは全然いかない、国家など認めて、互に、にくみあつたりなどする必要は少しもない、況んや、鳥取県人団体だとか、土佐郷友会など作つて、勢を占め合ふ必要も少しもない、――しかし、現今の時世から見れば、政治も経済も、何もかも、国家を土台とせねばならぬ、国家的発達をせねばならぬ、しかしらざれば到底完全な結果は治められない、之は時世の罪だ、此の点等から見れば、

社会主義（完全なる）等は決して軽視する事ハ出来ない、之も甚面白くない現象の一つ、

――――・――――・――――・――――

以上、自分のイヤな事、きらいな事、癪にさわる事思いついたまゝを二ツ書いて見た。こんな議論らしい、事を書いて見たのは、始めて也、

うるさければ、読んでくれなくてもよい、扨、これ丈の事実を二ツ並べて書いて、何の連絡なしに、すぐ様結論に這入らうとするのだからムヅカシイうまく結論になるかどうか、

――――・――――・――――

単刀直入して、自然と共に遊んで暮してしまうか、或は、一旗幟を立てゝ、渦中に没して勉強するか、此二つより外にはない、――、自然は親しい物だと知りつゝ、自然はたのしいものだとしりつゝ尚、自分は后者を取らねばならない、勉強せねばならない、結論は頗る早いが、之で尽きて居る、（結論ニ至ル連絡は、ヨシサンにはわかるだろう）

――――――――

ワシには、何もかも打ちあけてくれるのはうれしい、ワシに対しては、所謂、自負心なるものを取つてしまつてくれるのがうれしい、しかし、オマヱに対して、ワシの自負心の無《な》さ、加減と来ては、御話しにはなるまい、オマヱには出来まい呵々、オマヱは、自負心を取つてしまへば、后には何も残らない、之が自重心にならねばならぬとか、何といふ、自分は、非社交的の人間であらう、など云つている、勿論之等の点についても考えねばなるまいけれ共、寧ろ、根本的に何の為めに、社交的にならなければならないか、何の為に自重心にならねばいけないかは、一ツに、「他人の幸になる為」と云ふ尺度で決してくれたら、安心と満足を求むる地盤は尚他に発見する事が出来ると思ふが、オマヱはどう思ふ？」笑談ばかりを云つて居るからといつて、其の人の心の中がわからぬ様では、語るには足らない、わしの笑談を知つてくれる、オマヱを同人間に求むる事が出来ないのが苦しい　ワシを力にしてくれる丈、責任が重い様な気がするが、家へ〔以下不明〕

2　沢　芳衛　宛

明41・2・12

九巻四号トイヘバ、慥カ去年ノ一月号ダロ、何ヲ発心シテ、急ニ見タイノカ、コチラモ品切レダガ、多分ドツカニハ有ルダロト思フ、ガ、急ダツテ、ソンナニ至急ニ見タイノカヱ、其ノ内ドツカデ出テ来ルダロト思フケレド、

鶴を折る間に眠る児や宵の春

明41・2・13

3　沢　芳衛　宛

其ノ内出テ来ルダロトハ思ツテイルガ（野菊ノ墓）丈ナラ、単行本ニナツテ出テ居ルシ、ソレ共、ホトヽギス其ノモノデナケラネバ、役ニ立タナイノカ、再質問ス、
桜湯ヲ今呑ンデルガ頗ウマイ、
雛ノ頬《ホ》の冷めたきに寄す我が頬《ホ》哉
腹押せど啼かずなりたる雛かなし
達者カイ、

東京にて

明治四十二年十月、追試験によって東京大学を卒業した放哉は、翌年東洋生命保険会社に入社する。当時の東洋生命は、従来の業務を刷新し、契約高・資産内容ともに躍進の一途をたどっていた。大正三年、妻馨を伴って、大阪支店次長として赴任するが、その頃より会社に対する不平が生じ、一年足らずで東京本社に帰任する。「国民新聞」俳句欄への投句は大正三年までで、一高俳句会当時から面識のあった荻原井泉水の主宰する俳句雑誌「層雲」に初めて載ったのは、大正四年十二月号である。井泉水が提唱する新しい俳句の運動が、自らの切実な欲求にかなうものだと見極め、共鳴したものであろう。

〔小山貴子〕

4　荻原井泉水　宛

大7・2・1

拝啓大分御無沙汰を致して居ります、この頃ハ支店会議だの、決算だの、いろんな事でごつた返して居ります、二月号層雲の定型的表現と自由表現との中で谷本博士が、ひどくこき下されて居るのは通快でした、蓋し、谷本博士は自分で、此の文章を読んで見ても、わからないでせう、そして不思議がるかも知れません、高尚な（？）アイロニーではありませんか、此頃折々思ふ事ですが、吾々が鎌倉のオ寺に遊んだ事がある経験上、所謂俗人の時と（今も猶俗人なること勿論なのですが）それから公案の二ツ三ツに及第した時と、其の后の現在の俗人の状態と、以上の三期にわけて見得ると思います、第二期に於てスッカリ悟り切つてしまつたと仮定しますと、此の境地から、第三期の真実の活動が出て来るのだと思います、只不幸にして、吾れ〳〵は第二期に於て完全に悟りきれず、従つて、第三期の活動期も甚旗幟

二月一日

放哉生

井泉水様

不鮮明な感じがするのであります、俗人の第一期を俳句の月並や写生に満足して居た時期と見ますと、第二期は、今日層雲に於て私が進みつゝある時期と見る事はいけないでせうか、所謂、今が芸術に到達した時期と見ますると、第二期の悟入を脱した活動の時期は、所謂、芸術より芸術以上へ進む時期と考える事はいけないでせうか、若しかく考へ得るとしたならば、所謂第二期の芸術時代、悟入の時代は一番大切な時ではありますまいか、完全なる悟入を得る事が出来なかつたならば、遂に第三期の、真の活動時代芸術以上の時代には発展する事が出来ずして（自分では第三期に這入つて居ると思つて居ても）第二期だけで、おしまいで、続いて終つてしまうのではありますまいか、して見ると、今の時代が一番大切な時期と云ふ事は出来ませんでせうか、妙な比較で、あなたは一笑に付しておしまいなさるかも知れませんが、なんだかそんな気持がします、そして、口に出して見たくなりましたから、書いて見ました、これで、此の頃中々いそがしいのですが、其の中から、こゝ迄書いて見ました、今は丁度、昼の十二時であります、これからまた、商売の用事にとりかゝります　近いうちに一度おあひしたいと思ひます、武二君にも、夢人君にも、オ正月はおあい致しました、

匆々

朝鮮／満州にて

大正十年（または翌年）、不平不満のうちに十一年勤めた東洋生命を辞職する。「最早社会と離れて孤独を守るにしかず」の心境で鳥取に帰省したものの、友人知人に再起を促され、大正十一年近々創設される朝鮮火災海上保険株式会社支配人の職を得る。その際に厳しく約束させられたことは禁酒であった。「此の事業にして成らずんば死すか又は僧となるべし」の覚悟で朝鮮に渡った放哉は、間もなく生母なかの訃報に接する。同年九月に創立した朝鮮火災は順調に契約高を伸ばし、放哉も意欲的な取り組みを見せていた。しかし、仕事はこれからというところで、禁酒の誓約が守れなかったことによるものであろうか社長から辞職勧告を受ける。借金返済のため、もう一働きをせんと妻とともに流浪し、朝鮮火災勤務当時患った肋膜炎を満州で再発する。〔小山貴子〕

5　西谷繁蔵　宛

大11・5・25

茂蔵様、　　　　　　　　　　　　　二十五日　秀

啓、又、御願ヒ有之候、多忙多端デ頭ガ、電光ノ如クニ働キ居リ申候、扨、此度私母事死去、「カヱレ」ト打電来リシモ熟考ノ結果、コノサイ、「カヱラレヌ、ザンネン」ト打電致シ申候、母子、今世ノ別レヲ、死ニ目ニアワズスマシ申候、但、将来ノ事業成功ヲモッテ親孝行トシタシト存居申候、ソレニツキ「カヲル」ヲ急ニ国許ニ帰ラセ申候、又、小生ヨリ、ソノタメニ送金セネバナラヌ事ト相ナリ申候、御推察下サレ度候、ソレデ、今月、洋服ヤニ送ルオ金準備セシモコレヲ、此ノ方ニ廻シ候タメ、止ムナク小林君ニ欠礼致候、来月ハ必、送金スル故右事情何卒、アナタヨリ万事、了解スル様ニオハナシ置キ下サレマジク候ヤ、天災ニ有之、ナントモ止ムヲ得ザル次第御察シ下サレ度候、ヨロシク、タノミマス、（洋服ノ関税二十円ニハオドロキ申候、洋服店トシテ、発送セヌ事、洋服ハ修ぜんトシテ発送スル事ナド必要カト存申候、ヨキ経験ニ有之候）トクイソギ御ネガヒ迄　匆々

6　荻原井泉水　宛

大11・11・24

井泉水様榻下

尾崎生

啓、大分御無沙汰しました、なんとか、かんとか云つても矢張り死ぬ迄は働かねばならぬものと見ゑます　京城が小生の死に場所と定めてやつて来ました、来て見ると寒サは獰猛言語に絶するものがありますが、呑気な処が有ります、一寸、内地に帰る気分が致しません（東京ノアノ電車の満員を連想してさへも）私には、こゝの気分があふのかも知れません、毎日、愉快に仕事をして居ります、毎日、白い服を衣た鮮人に、たくさん逢ふのも嬉しく、青天の多いのもうれしく感じます　御らんの通り（営業案内で）、会社ノ事業はこれからで有りまして、小生ノ后半生を打ち込んでかゝりました支配人としてイクラか自由な計画が出来ますから、ウンと腰をすへてヤル考で居ります、中々本も読まねバならず、勉強しなければなりませんが、矢張り層雲が見たいのであります、時事新聞ハ、間違で困ります　ナンカ、よい機関新聞は出来ませんか、毎日句稿がのる様に、これからは毎月、層雲を御送り願ひ

ます　不取敢拾円送金して置きましたから、雑誌層雲以外、出版もので、（例へば、民衆芸術。名簿等）もちよい〳〵御送りねがいます、足らなくなれバ又御送金します　次ノ句ハ、イロ〳〵うるさい文句付ですが、よいのが有つたら層雲の雑吟中ニ、おのせ下さいませんか、

一度、こちらに御出なさい　御案内しませう

○「オンドル」といふ奴ハ、どうしても、冬、なくてはならないもんですネ、私の宅ニハ今、六畳ノガありますが、ポカ〳〵して春の様な気もちです、それで、外ハ、0度以下何度といふ寒さなんですからネ、（硝子障子ゴシデ）空気が乾燥してゐてオ月様モ、星モ、スグと、眼のサキにキラ〳〵してゐます

（之ハ床ノ中ニ寝テ居テ夜中ニ眼がさめたのです）、

○オンドル月夜となれり巻煙草をさがす

○廊へ急ぐ足音ぞオンドル更けたり

○オンドル焚き捨て丶ヨボ（鮮人）を叱るたそがれ

○オンドルに神棚も手近く祭りて

○オンドル冷ゆる朝あけの電話鳴るかな

○オンドルに病んで前住の人の跡をさがす
○何に使ひしものか柱にさびし五寸釘
○熱の眼に色々のもの釘にぶら下る
○電灯二つくつ付けてチヤブ台とり巻く
○あはぬ襖が気になりて病む眼をとがらす
○妻を叱る無理と知りつゝ淋しく
○コスモスに朝の煙流れそめたり
（庭に実生ノコスモスガ、ウント咲いてゐるのです）
○コスモス抜きすてしあとに黒猫眼光らし
○晴れつゞけばコスモスの花に血の気無く
○台所のぞけば物皆の影と氷れる
○鮮童石とばす、身を切るやうな風
○焚火どう／＼事ともせずに氷る大地よ
○氷れる硯に筆なげて布団にもぐる
（之は床中ニ病ンダ折ノ事デス）

○曲がれる釘の影までが曲れり
○半ば山をくずせる儘に冬となり行く
○土運ぶ鮮人の群一人一人氷れる
○石に腰かけて冷え行くよ背骨
○コトとも音せぬ夜の足の節々が痛む
○大めし喰ふ下女の手足がうらやましく
○客が帰つたあと、どんなでたらめをしやべつた事かと思ふ」
鳳車君御健在ですか、武二君は御壮健ですか、奥サンにもよろしく御ねがひ申上げます
匆々　敬具
大12・8・2

7　荻原井泉水　宛

拝啓
二日

鈴の音したしむ小さい馬車馬二つづゝ
支那語で馬車をよぶ月の夜うれしく
月に二重戸おろし相子関と人すめり
青草限りなくのびたり夏の雲あばれり
支那の女美し巻煙草すひ馬車をかるべく

当地に来て間がないのでまだ思想がまとまりません　毎日広い空、広い野原を眺めて居ります　この辺では「夏草やつはものどもの夢のあと」といふ様な「センチメンタル」の感じハ不思議と出て来ません　むしろ人殺しとか　強盗とかいふことは自然の事である様に思はれます　あたりまへの事の様に思はれます　落着きましたらまた手紙差し出しますが　左の肋膜が悪くて医者がぢつとして居れと申しますから　いとこに書かせます　それから外のことですがあなたが昨年か一昨年でしたか伊豆の大島から新島へかけて確か旅行なすつた事がありますね　当時島には同人諸君二三が居たと記憶して居りますが　現在もやはり島においでゝせうか　もしそうだつたら名前とところをすぐ知らせて下さい　尚其後転任せられたら其転任先を一寸知らせて下さい（どうも俳人名簿の中に見当らない様です）御忙はしいでせうが何しろ遠方のことですから早やく御返事を下さることをまつて居ります　武二君は御嫁さんをもらつたのですか

尾崎生

荻原井泉水様

京都・一燈園にて

大正十二年十月頃、馨とともに大連から帰国し、長崎市内で寺男として住めそうなところを捜すも見当たらず、馨とも別居し十一月二十三日、京都市の鹿ケ谷にあった西田天香主宰の修養団体・一燈園に入る。馨もやがて関西に至るが、その後二人は同居することなく、馨は翌年の六月に東洋紡績四貫島工場に世話掛として住み込みで働き始める。天香の掲げる「懺悔の為に奉仕し、報恩の為に行乞せん」のもとに、天香に同行して舞鶴軍港の施設で托鉢（下座奉仕）したり、学校で「托鉢」の実践を見せたりした。しかし、園での托鉢は力を要する仕事が多く、大正十三年三月、知恩院の塔頭常称院の寺男となる。この寺の生活が気に入っていた放哉であったが、四月三日井泉水と数年ぶりに逢って会食した後、その酔余に和尚を立腹させる言動を取り寺を追われることとなる。一燈園では住田蓮車（無相）と出会い、蓮車の求道精神に敬服し兄事する。〔小山貴子〕

8　西田天香　宛

大13・1・10

天香先生　榻下

拾日　尾崎秀雄

拝啓、粗紙にて失礼御免下され度し、旅行御疲労の御事と奉推察候、小生予定の如く敬業寮ニ宿泊を願ひ寮と学校の御掃除及工廠の托鉢をいたさせもらひ申候　正木部長、武久課長ニも御面会、小生廠内御案内を願ひ、結果、京都ニ於ける私人の托鉢先キとは大に模様を異にせるを発見致申候　万事軍隊式に遺洩なく手配され居り、例へバ便所掃除の如きも、女数人にて引き受けそれからそれと奇麗に掃除し行く有様にて、そんな処に無暗にとびこんでは感情を害するやも知れ申さず　如右、一事が万事にてよく整理され居り申候、サレバ、小生ノ考として、職工の自転車（非常の数に有之候）の泥掃除及職工ノはき物の泥掃除、炊事場ノ手伝、水交社の毎日ノ掃除、を課長迄申出候処、炊事場ニハ用なし　水交社ハ管轄関係にて一寸困難、自転車、はきものは職工ノ私有物故、若し、破損とか紛失とか万一の事ありてハ責任ノ帰着点ニ付て大に困るとて、拙者、折角の妙(?)案も、全部否決され申しがつかり致

し申候
於茲、又々懇談をとげ、結局、廠内ノ諸方、はき掃除、（土地ノ）ノ手助け、といふ事と相成申候、猶、廠内一局部ニかつて、家をとりこぼちし跡ありて、其水はけをよくし、草をぬき、地をならす用件有之候、一日雪中、クワとシヤベルとをかついで、托鉢致し候処、非常なる力量を要し、へこたれ申候、不潔の仕事はかまはね共、力を要する仕事ハ閉口致申候、サレバ、之は、園より力ある若か手の人の来援を待ちて二人協力完成の考ニ有之候、それ迄ハ、寮と学校の掃除ノ御手伝ひ、及廠内ノオ掃除ノ手伝にて消光致す考ニ有之候、右其ノ要領御通信申上候、渡辺氏、水谷氏、山崎氏健在ニ有之候
当地、雨天多く、しかも、大部分ハ白雪と化し申候　舞鶴ハ小生、全盛（？）の時曾遊の地ニ有之候　往時を追想して、鍬を大地にたて、托鉢しながら感慨無量に有之候、凡情御許し下され度し、但し、極力、擺脱ニはげむ決心に有之候、御安泰を念じ申候
敬具

◎寮ノ一室ニ、消燈して静座せるとき

暗の底握りつめ我れを忘れんとする
水音親しみ親しみ夕の橋を渡りきる
御叱正を乞ひ申候　　四時半
乱筆御めん下度候　学校ニテ認ム

9　荻原井泉水　宛

大13・3・23

三月二十三日　　放哉生

井泉水様御侍史

拝復、御手紙うれしく拝見致しました　御思召しの処拝誦、当分京都御住ひといふ事になれば、なんとなく、にぎやかな心地が致します、小生の居る常称院は知恩院本堂のすぐ近所で門前に赤いポストの立つてるオ寺であります、勿論浄土のオ寺で、住職一人、息子が銀行に出てゐる、妻君は昨年死去といふごく淋しいオ寺であります、一灯園からたのまれて二三度掃除の托鉢に行つたのが機縁となり、和尚サンが無人故、オ寺に来ないかと云ふので、遂に来る事になりました、一灯園同人ではありますが、マズ当分は、此のオ寺ニ居る考、飯焚キから、マキ割りから掃除から一人でやつて居ります　中々いそがしいです、其内、和尚サンの御弟子にしてもらつて、ドツカ、田舎の小サイオ寺の留守番に世話してもらつて一生を終るか又は、ドツカの墓守にでもたのんでもらつて、死を待たうと思ひます、和尚サンも了解してくれました私の妻は、長崎の従弟の処で、ミシンや縫物等で自活の途を研究してゐます　之は不得止ば、私の兄の家（喰ふには困りません故）に、たのむ考でありますす　私は、「無一文生活」、「働いても報酬をもらはない生活」、及、「衆人のためのザンゲ生活」、「自己のザンゲ生活」として一生を終る考であります、和尚サンも日ろ戦争に出た人で、酒も呑めば肴も喰ふ、私には、もつて来いの人です　社会と絶縁してから、オ酒を呑んでも安らかに、何も考えず、心配せずに眠られます、之丈けは、感謝してゐます、マヅイ物を喰つて、一日、手足を働かせてゐて、一貫目（昨年十一月以来）、重量が、ふえました、人間は気持のものですネ、それから、何処に行つても、イヤな事は、少々はたえません　一灯園についても然りです、要するに「死」に到着せねば、ツマリダメなんでせうと思います、時々、真面目に「死」を研究する事があります　決して悲観ではありません、どうも私の様な、つまらぬものは、「死」より外には、求める物が無い様な気持がします、何れ御目にかゝつて色々御はなし申し上げます　世の中は、どこに行つても、うるさいもんですネ、私の現在ハマヅ寺男と思つて下さい、黒イ、ツ、袖を衣て働いてゐます、」それから、珠数屋町辺の宿屋は、あまりよい、宿屋は無いといふ事です、私は京都の地理は余り知りません、京都も一両日来、余程暖になりました　来月三日、御出の頃は大分春らしくなると思います、鴨川べりの柳も、まだ石の様に、カタマツテ見えます、万々御眼にかゝりて申上げます、是非御タヅネ下さい直ぐにわかる処ですから、此の寺の和尚サンに、たのめば、アナタをおとめ申す事も出来るかとも思いますがよく有る通り世間ノ「ボーサン」は皆同じく、中々、金銭問題には、鋭敏で、早くいへば、コスイのですから、此間も法然上人のオ忌に、田舎から出た人を夕朝食で、とめて、「一円五十銭」宛とりました、内あけばなしが右の通りであります、アナタをおとめ申しても、お気づまりであらうかと心配しますが、此辺も御一考を下さいまして、それも、かまわんといふ事なれば、和尚サンにお話し申します、如何でせう、中々うるさいもんです、今日はこれでやめます、御加餐を祈ります

敬具

10　小倉康政・政子　宛

大13・4・17

啓　何トモ形容出来ナイ愉快デ、一向感謝申シマス、御礼ノ申シ様無シ、私ハ実ハ最近、少々ヤケニナツテ居タト云フノハ、唯一人ノ同情者タルカオルの行方不明、昨年末来、ハガキ一本見ナイノデ、カオルガ外ニ嫁ニデモ行ツタナラ、私ハ世ノ中ニ只、一人ポツチニナルワケ、淋シサニタヱナイカラ、実ハ、ウント方々ヲ呑ミ廻ツテ、死ンデシマウ考ダツタノデス、アブナイ処デシタ、今后ハドウカ、アンタノ処ヲナカツギニシテ、手紙ノ交換丈ハサシテ下サイ、カオルノ存在ガ不明ダトイロンナ苦労ヲ体験シテ居テモ、全ク、無意味ダカラ、死ニタクナツテシマウノデス。ドヲカ今后、カオルノ決心ヲキイテ、私モ安心シ、酒モ、タバコモ全廃シテ只体ヲ苦シメテ、二三年ノ先キヲマチマス、ドヲカ御察シ下サイ、全ク、アブナイ処デシタ、ドヲカ御両人ニ、御両人ニ御タノミ申シマス、私ノ居所キマレバ直ニ御通知シマス、政子サンノ御親切ニクレぐ\モヨロシク御願申シマス。

於　京都駅頭　秀雄

強イ様ナ事ヲ申シテ居テモ、実ハ私ハ弱イノデスヨ、
匆々

御両人様

別紙ヲカオルニ渡シ下サイ

11　小倉康政・政子　宛

大13・6・20

啓、明日ハ弘法大師ノ御命日ダソヲデ、毎月非常ナ参詣ダソヲデス、従ツテ小生モ非常ニイソガシイワケニ候、只今、オ提灯ヲ廿程出シテ来テ、オ堂ノ前ニ、吊ルシマシタ、ソシテ、オ堂ノ中ニ座ツテ、オサマツテ居マス、ヅイ分馬鹿ニシテナイワケデスネ呵々

例ノ怪談ノ結末ハマダ付キマセン、以下次号ト云フ処デスガ、何等カノ御報告ハ出来得ル事ト信ジマス、」新聞ヲ見ルト、色々オ役人様ガ異動スル様デスネ、全ク宮仕ヘハツライ〳〵御役人ニモ同情シマスネ、考ヱテ見ルト、康サンニ、「ツクダニ」ヲ送ツテモラツテ、オ堂ニ一日、ダマツテ座ツテ居ル私ハ幸福ナル哉カモ知レマセ

ンナ　呵々
今朝又、小僧連ガ、ヒトサワギ致シマシタ、朝メシハ、昨夜ノ例ノムギ飯ノ残リデセフ　全クマヅイデス、処ガ、昼メシノ分ニ、台所デ、ムギメシノ暖イノヲ、タイテ、戸棚ニ入レテオイタモンデス、小供ハ早イデスネ、早速ソレヲ見付ケ出シテ、コツソリト皆デ出シテ来テ、暖イ奴ヲ、タベタワケデスネ、暫クシテカラ、ソレヲ見付ケタ、庵主サン（台所ノ頭）ガ大ニ、オコツタモンデス、「タベタノハ誰ダ!!」ト云フ騒ギ、ソレヲ聞イテ小僧連、ソレヤ来タト計リデ驚クマイ事カ、十四才ノ頭分ハ、庭ノ便所ノ中ニ、トビ込ンデシマイマシタ、其次ノ奴ハ六畳ニアル大キナ机ノ下ニ頭ヲツツ込ンデ、モゴ〳〵シテ居マス、結局、残ツタ三人ノチビノ小僧ガ、トツ付カマツテ、眼カラ火ガ出ル程叱ラレタト云フワケ、ホントニ小供ハ面白イ、」
一郎モ茶目ラシイナ、
オ寺ノ台所ニハ、七十九才ニナル、庵主サント云フ女ヲ頭ニ皺ダラケノ婆サン計リ（皆々六十才以上ノモノ）四人居リマス、之レ等ガ台所ヲヤツテ居ルノデス、ヨクモコンナニ婆計リ集メタモンダト感心シタリ、気味ガ悪カツタリシマシタ、皆六十カラ七十テンデ、ソロ〳〵化ケカケル頃デスカラネ、全ク、猫ノ様ニ、カミノ毛ハ、四人共、マッ白デス　チビノ小供ガ居ルカト思フト、七十位ノオ婆サンガ居ルシ、此七十九オト云フ庵主サンハ加賀ノ前田、百万石ノ殿様ノ御殿女中ダッタソヲデス、殿様ガ、ホレマシテネ、オ妾ニナレト云ハレテ、イヤダッタカラ、直ニ眉ヲ剃リ落シテ白ムクヲ衣テ、オ寺ニ行ッテ御叱リヲ待ッタノデス、ナドト、大ニ得意デ、私ニ話シマス、コンナ、皺クチヤナ御殿女中ニ、ホレルモハレルモ有ルモンカト思イマシタ、何シロ、六七十年前ノ事ナンデスカラナ驚キマス、各人、色々ノ「ローマンス」カ歴史（光栄アル？）ヲ持ッテ居ルノデセフ、年々歳々花相似。年々歳々人不同。全ク唐詩選デスネ、又、馬鹿ゲタ事ヲ書キマシタ御許シ下サイ、

廿日午后三時半　　オ寺ニテ　　秀生

御両人様

兵庫・須磨寺にて

放哉は蓮車の世話により須磨寺の大師堂の堂守りとなる。独りの時間もでき、落着いた生活を送るようになり、句作に熱が入ってくる。手紙を書くゆとりも生まれ、井泉水や蓮車以外に小倉康政・まさ子夫妻（同郷の知人、康政の先妻は馨の妹）、小澤武二（「層雲」編集人）、佐藤呉天子（層雲俳人、東洋生命の元部下）等と親しく交信する。俳句に一段と深化を見せ、注目され始めるが、役僧間の紛争に巻き込まれて九ヶ月足らずで寺を追われることになってしまう。

〔小山貴子〕

12　住田蓮車　宛

大13・8・22

蓮車様、　　　　　　　　　　　　　　　廿二日夕　放哉生

拝復、今日御感想を御知らせ下さいまして、難有う存じます　まだ、例の、盆大師の御通夜がコタヱてゐて、頭が「ボー」としてゐます　タツタ一晩の夜通しがコンナにこたへるのは、矢ツ張り悪食のせいでスネ　而し、身体が弱つた処で、只今では、ナンとも思ハない、平気になつて居ります　ヤケではないが、自然ニ一任して居るのです、御手紙中、「烏金のかん定をしてゐるよりも、大濡れニ濡れた方がよい云々」ハ気に入りました、どうしても二枚目ですネ、「橘ヤー〻」かなんかで、雨にぬれた、袂をしぼる、勿論、ピカ〳〵光るヤツを口にくわゑて、場所ハ両国、百本杭あたり、ザツ〳〵と潮があげて来る、キット大向ふを見込む、ナンカ、……笑談ぢやない、「大濡れニ濡れて云々」から、よい気持ちになつて、ヨタをとばして、相済みません　御許し下さい、』天香サンに、暑中見まいを出しましたのハ、アナタの御言葉の通り、私が、コノオ寺に、アナタの御世話で来させていたゞいて、

落付いて居られるのも、結局、天香サンに御眼にかゝつてから、入園させていたゞいてこうなつたのですから、其の因縁を感謝しまして、其の通りを、天香サンに御礼申しました次第であります、私ハ正直者なんですから、アナタの御言葉の通り慥に、天香サンハ、先覚者であり開拓者であります、そうして、私の尊敬する点を、ウンと持つて居らつしやる方で有ります、故に、今后益々、天香サンの御指導を、お受けする考で居るので有ります、之ハ決して人后に落ちないのであります、只天香サンハよく、自分ハ、「中学も出て居ない」といふ様な事を講演なんかでよく、仰言つしやりますが、ソレハ偶然の事実であつて、「中学も卒業してゐない」といふ事、ソレ自体ハ決して、よい事ではあるまいと思ふのです、コンナ事申すと妙ですが、私の様に、少々学問した、年月が長かつた者から見ると、ソヲ云ふ私の様な者の頭の中を、天香サンが理解して下さるのに、どうも、少々物足りない処がある気が致しますのです、コレハこちらの「慾」が多すぎるせいでせうと、あきらめて居ります、只々、以上ノ如く、天香サンを尊敬し、御指導を仰ぐ点に於て、決して人后に落ちぬ考で居ります、只、今日ハアナタと云ふ、私を十二分に了解してゐて下さる人が出来てゐるのですから、私ハ、ソレデ満足してゐるので有ります、早く申せば、天香サンに対する不足の点を、アナタが、をぎなつて下すつたわけになります、」御手紙中、「ニヒリスト」に追ひこまれた形云々とありました、之れには、一寸説明がいる気持がします、……

こう云へば、アナタには、おわかり下さるでせう

……将来の結果を予想して、ソノ予想に、自分で自分の運命を運んで行く者、（ソノ予想ハ現世的に申せばワルイ、凶の予想なのです）……ソレガ、「私」で有りました、ソレカラ、私ノ幼時、小学校ノ時だと思います「本」が、大変スキで、寧ろ、病的でした、ソノ頃ハ、ランプの時代でしたが、三分シンのランプを机の上にのせて、（カベニをつ付けて）自分が座つた周囲三方を、小サイ二枚折りの屏風をもち出して、カコンで、しまいには、上に迄（天井ですネ）屏風の小サイのを一枚、のせて、マルデ、四角な立体の空間を拵らへて、其の、セマイ半畳位ノ中に、座りこんで、外との交渉を一切たつて読んで居た事をハツキリ記憶してゐます、……ソレカラ、中学ニ這入つてからの思想ですが「吾人ハ何シニ生レタノカ」と云ふ、本がたくさん出ました、（人生ノ目的）ナンカ云ツタモノ、……ソンナ、物ヲ、読んで計り居たのハ勿論、老子、荘子、を、わけわからず、読んだもんです、私の中学

ハ田舎でして、一年が日本外史、日本政記、二年が、十八史略、三年が八大家、四年が、史記、五年が、左伝、といふ、マルデ、読書百遍的、チヨンマゲ流ニタ、キ込まれましたもんです、ソノ頃、「巡査ハ、盗人ノオカゲデタメニメシヲ喰ツテル、ソレダノニ、盗人バカリ、ワルク云ツテ、イルノハ、可笑シイ、盗人ガ居ル、オカゲデ巡査、其ノ他ノモノハメシヲ喰ツテルヂヤナイカ、ト云フ様ナ、疑問ガ、起キテ、時ニハ、盗人ニ同情シタリシタ様ナ事ガアツタ、コウ云フ記憶ガ、今、ハツキリ残ツテ居リマス、マア、社会主義ノ、クサレタ卵子ノ様ナモンデスネ、……以上、申上ゲタ、三ツノ事実ヲ御考ヱ下サレバ、『ニヒリスト』ニ追イ込マレタ」ト云フ言葉ノ内容ニ少シク訂正ス可キ点ガ有ルデハアリマスマイカ、御伺ヒ申シ上ゲテ置キマス　最后ニ御文中「自分ノ身ニツイテイル、一切ヲ捨離シ切ル方へ、今歩みヲ向ける」云々ノ御言葉ハ全部肯定シマス、私モ、今、ソレヲ、欲シテ居ルノデスソシテ、其ノ点ニ於テ、先輩タル、アナタノ御指導をウケタク、正直……私ト云フモノヲ全部、アナタノ前ニ、サラケ出シテ、居ル状態デアルノハ、御承知ノ通リデアリマス、ドウカ永久ニ、……只御願申シマス、』

俳句ハ、此ノ頃、ウマクナリマシタ、俳三昧モ、座禅ノ一種デアリマス、此頃ハ

「層雲」ノ、（雑誌）選者格ニナリマシタ、ドツカノ新ぶんカ雑誌デ、私ヲ選者ニシテクレヽバ、風呂代ト煙草代ト郵便切手代トニ、月、五円モクレヽバ嬉シイケレ共ト思ツテ居マス、ヤスイ、選者ダケレ共、此ノオ寺デハ、ソレ丈ケアレバヤツテ行ケルノデスカラ、ヨイ、御考ヱハ出マセンデセフカ、御考ヱ下サイマセ、ナンダカ、トリトメモ無イ事ヲカキマシタ、」此間、武田君来訪、氏ガ、オ寺ニ帰ラレヽバ、氏ハ「好《ス》キ」ナ人故、ソノオ寺の方ニデモ、行カシテモラツテモヨイト思ツテイマシタガ　未ダ、氏モ、決定ト云フ処迄行カナイラシイノデス、今日ハ之デヤメマス、

敬具

大13・12・15

13　佐藤呉天子　宛

十二月十五日　　尾崎生

佐藤兄榻下

（下座、奉仕生活ニ入リテヨリ、満一ケ年ヲ経過シテ）

啓、大分御久振リデス。オ正月モ近クナリ、当地已ニ初雪初霰至ル、御健在ナル可

シ。此オ寺ニ来テヨリ已ニ半歳以上トナル、下座ノ生活、一生ノ修業ト思ツテ居リマス。今日何トナク或ル淋シサヲ感ジ、兄ニ此ノ書ヲ送ル気ニナル、或ハ近イ内ニ死スル前兆カモ知レヌ。呵々。荻原君ニ小生ノ現状ヲ聞カレテ以来、御手紙イタヾキ、又、一灯園ニモワザ〳〵御訪問下サレシ由、誠ニ感謝ノ辞ノ外有リマセヌ。唯閑寂ノ境地、下座ノ生活ニ浸ツテ居ルモノ、通信スルハ不適当ト思ヒテ今日ニ至ル。今日不意ニ兄ニ此ノ手紙ヲ書キタクナル、之レモ何カノ因縁ナル可シ。小生、全部ノ友人ト離レタル事ナレバ、友人ノミナラズ親類、妻トモハナレテ、唯一人トナリタル今日、誰ニ向ヒテモ今日迄カヽル手紙ヲ書キタル事ナシ。夫レガ不意ト兄ニ宛テヽ此一文ヲ書キ度クナル、全ク何カノ因縁ナル可シ。サレバ最初ニ堅ク御約束希フ、此一文、並ビニ小生ノ事ニ関シテハ一切兄以外ノ人ニハ御他言御無用、堅ク御約申シテオキマス。

扨何カラ申シ上ゲテ宜イヤラ、万事夢ノ如シ……。

一、小生ノ性格ヨリ申叙ブ……学校時代ヨリ、法律ヨリモ哲学宗教ニ趣味ヲ持チ、釈宗演師存生中ハヨク鎌倉円覚寺ニ行ツタモノ也。「正直」ヲ大切ナ道ト心得居タル凡俗也。

一、官吏ト謂フモノ、虫ガ好カズ、銀行ニ入ラントセシニ、穂積陳重先生ノ話シニ、保険界ニハ大シタモノナキ故、寧ロ、保険界ニ入ル方上達ノ道早カル可シトノス丶メニヨリ、茲ニ保険界ニ入ル。豈ハカランヤ、保険界ニハ人物ナケレドモ、利口ナ人ノ悪イ人物ハ雲ノ如ク集リ居ラントハ。

一、右ノ如キ者保険界ニ入ル、不平、至ル処ニ発スル事当然ノ理也。最初ノ不平ハ、小生大阪支店赴任ノ時ヨリ始マル。……其当時ノ支店勤務の人々ノ中ニテ、小生東京ヨリ来タナラバ、酒ト女デ殺シテ帰シテシマウ方針ニ議一決シ居タリトハ「神」トテ知ランヤ。之ハアトヨリ其謀議ニ加ハリシ人々ヨリ洩レシ也。可恐〱。

其後小生ノ身辺、常ニ、口ニハ甘イ事ヲ云ヘ共、小生ヲ機会毎ニ突キ落シテ自己上達ノ途ヲ計ラント云フ、個人主義ノ我利〱連中ニテ充満サレ、十一ケ年間ノ辛抱モ遂ニ不平ノ連続ニテ、酒ニ不平ヲ紛ラシ、遂ニ辞職スルニ至ル。其ノ時小生、最早社会ニ身ヲ置クノ愚ヲ知リ、小生ノ如キ正直ノ馬鹿者ハ社会ト離レテ孤独ヲ守ルニ如カズト決心セシナリ。

一、然ルニ何者ノイタヅラゾ。朝鮮火災海上保険会社創立ノ大任ヲ以テ小生ノ再起ヲ郷里ニ打電シ来ルアリ。凡人タル小生、猶未練アリ。又、ノコ〱ト郷里ヨリ上

京ス、（此途中名古屋ニ下リ瀕死ノK君ニ逢フ。同君トハ之が最後ノオ別レナリシガ誠ニ感慨無量也）

即支配人トシテ基礎工事ヨリ仕上ゲ、人間モ作リ満一ケ年ヲ経過シテ〇〇万円ノ積立金ヲ残ス事ヲ得、仕事ハコレカラト云フ処で社長ノ命ニヨリテ辞スルニ至ル。小生朝鮮ニ行ク時、此事業ニシテ成ラズンバ「死スカ又ハ僧トナル可シ」トアル人ニ誓ヒタリ。目下、僧同様ノ生活ニ入ル、何時又死スヤモ知レズ、小生ハ決シテ約ヲタガヘル人間ニ非ル也。茲デ如何シテ朝鮮デヤメタカト云フ疑問起ルガ当然也。小生ハ決シテ自己弁護セズ、又、弁解スル事ガイヤ也。小生ガワルカツタ事、事実ナラン。但小生今猶々、自分丈ケハ天地ニ恥ヂヌト思ツテ居ル。要スルニ此ノ「馬鹿正直」ガ崇リヲナシテ、人ノ悪イ連中ガ社長ニイロ〳〵吹キ込ミタル結果也。皆又、東洋生命ニオケル時ト同ジ。ツク〴〵イヤニナツタ。然シ、何シロ、朝鮮ヲ永住ノ地トシテ、働ク考ナリシ故、無資産ノ小生、友人等ニ少々ノ借金ヲシテオツタ。之レヲ返却スル道ナシ（突然ノ辞職故）ソコデ満州ニ行ツタノデス。満州デ一働キシテ借金ヲ返サネバ死ヌニモ死ナレヌト考ヱ、長春辺迄モ遠ク画策ヲシタノダガ、寒気ニアテラレ、二度左肋膜炎ニカヽル。満鉄病院長ノ言ニ肺尖甚弱クナツテ居ル、三度目ノ肋膜ハ最モ危シトノ事。天ナル哉命ナル哉。借金ヲ返ス事モ出来ズ、事業モ出来ヌ。此時、妻ト「死」ヲ相談致シタ。此ノ時ノ事ハ今想ヒ出シテモ悲壮ノ極也。人間「馬鹿正直」ニ生ル丶勿レ、馬鹿デモ不正直ニ生ルレバ、コンナ苦労ハ決シテセヌ也。

一、ソコデ、万事ヲ抛ツテ、小生ハ無一文トナリタレバ、一灯園ノざんげ生活ニ入リ、過去ノ罪ホロボシ、並ニ社会奉仕ノ労働ニ従事シテ借金セシ友人、其他知己ニ報恩スルタメ、自分ノ肉体ヲムチ打ツ事ニキメ、妻ハ別レ（郷里ニ帰ラヌト云フ故）独立ノ生計ニ入ル事ニキメタル也。「妻」某所ニテ目下健全自活セリト云フ。彼女モ亦、此「馬鹿正直者」ノ妻トナリタル為メ、不幸ナリシ哉ト思ヘバ今猶、涙手ヲ以テハラヱドモ尽キズ、兄、察シ給ヘ……。

我昔所造諸悪業　皆由無始貪瞋痴
従身口意之所生　一切我今皆懺悔

以上ニテ大略ヲ察シ玉ヘ。之レヨリウソハ毛頭ツキマセン。真正直ノ処也。斯クテ（孤独ノ生活）（無一文ノ乞食生活）（下座奉仕生活）（親、兄姉、友人、知己、就中借金シテル友人ニ対シテ我ガ肉体ヲ苦シメ、笞打ツ懺悔生活）ニ入ル事トナリマシタ。丁度「秋」薄ラ寒イ時、満州カラ「影」ノ如ク、一灯園ニ入ル、唯一人。一灯園生活ハ御存知ノ通リノ家、寒中、雨戸モタテナケレバ、火鉢モナシ、火種一ツナシ。朝ハ五時カラ、諸方ノ労働ニ行キマシタ、(草ムシリ)カラ(障子ハリ)(大掃除)(引ツ越シ)ノ手伝、(炭切リ)(薪割リ)(便所掃除)(米屋ノ荷車ヲ引ツ張ツテ、電車道ヲ危ナク、轢キ殺サレサウニシテ歩イタ時ハ泣キマシタ)、其他(広告配リ)等等等。其種類ハ数限リアリマセン。コンナニ馴レヌ仕事デ身体ヲ笞打ツテ居タラ、病気ニナツテ死ヌダロウ、死ネバ幸ヒト思ツテ居タレ共、幸カ不幸カ病気ニモナラズ、サウシテヰル中ニドウモ(孤独生活)ト云フ事ガ、求メラレテタマラヌ。ソコデオ寺ノ托鉢ヲサガシマシタ。本願寺派ニモ行キマシタ。結局、真言宗ノ当寺ニ、本年六月ニ来テ、全ク(孤独)ノ生活ニ入リ只今迄居リマス。此オ寺生活ガ何時迄続キマスヤラ、之モ因縁次第ト思ツテ居リマス。小生只今ノ嬉シミハ俳句斗リ。「層雲」デ荻原君ト交通シテ居ルノミデアリマス。

以上デ大略申シ上ゲマシタ。此「馬鹿正直者」豈他山ノ石ナランヤ。呵々。兄ハ只今未ダ東洋生命ニ居ラル、由。同社ハ小生ノ鬼門ナリ。決シテ会社ノ人ニ少シタリトモ話シテ下サルナ、ウルサイカラ、無責任ノ批評ハ困ルカラ。兄一人ノ胸丈ニ秘シテ置イテ下サイ。小生大往生ノ後ハ御自由デス。クレ〴〵モ約束希ヒマス。

此須磨寺ハ半俗、半僧ト云フ処故、今少シタテバ、ズット山ノ奥ノ奥ノ全ク淋シイ処ニ孤独ノ住居ヲ求メタイト思ツテヰマス。今ハ其準備時代ノ様ナモノデスネ。兄トモ、イロ〳〵ノ御交際ガアリマシタ。渋谷ノ私ノ宅デ正月、皆デ酒呑ンデウタツタ事ヲ思ヒ出シマシタ。××君モ死ニマシタサウデスネ、南無阿弥陀仏〳〵。此オ寺ハ全ク精進デスガネ、俗人ノ小生、酒モ呑ミタシ、牛肉モ喰ヒタイ、但オ金ガナイ丈ケ。此辺ニ出張スル時カ又、遊ビニ来ル時デモアレバ、ウマイ物ヲ御馳走シテ下サイ、呵々。実際アレ丈ケ、生活状態ノ激変ヲシテ、肉体ヲムチ打チ〳〵シテ苦シメ、サイナンデ来タノダガ、今以テ死ナン所ヲ見ルト、人間ノ肉体モ丈夫ニ出来テ居ルモノト思ヒマス。今デモ毎朝五時オキ、麦六、米四ノ飯、菜ハ供物ノオ下リ故、大根、コンブ、ニンジン位ナ処。何モカモ懺悔〳〵。下座、奉仕生活ト思ツテ、一生懸命ニヤッテ居リマス。イッカ京城ニ海苔ヲ送ツテ下サイマシテ感謝〳〵。此ノ頃オ菓子ガ喰ヒタイ、時々ウマイ菓子（ドンナ、駄菓子デモ、只今ノ小生ニハウマイデス）ヲ気ノ向タ時ニ送ツテ呉レマセンカ、全ク有難イト思ヒマス。百円貰ツタヨリモ有難イ、呵々。ドウセ奥サン丈ニハ此ノ話ヲナサルデセウガ御二人デ、笑ハナイデ真面目ニ、小生ナル者ヲ解釈シテ頂キ度イ。ソシテオ菓子ヲ下サイ。マルデ赤ン坊デスネ、呵々。小生京都ニ行ク時ハ必ズ御宅ヲタヅネマス、以上。何レハ「蝸牛角上ノ争」人間ノスル事ナンテチツポケナモンデスネ。一生ノ修養、修業ト思ツテ、此乞食生活ヲヤリマス。「業」ガ尽キタラ「死ヌルカ」……「安心立命ノ境地」ニ到達スルカ。只今ノ処デハ「孤独閑寂」ニ向ツテ突進シテ居リマス。

一両日前、初雪初霰……例ニ依リ一句

又も夕べとなり粉雪降らし来ることか

大14・3・3

14　小沢武二　宛

啓、色々御面倒かけます、心の中では泣いて居ます、此のお寺（大俗ノオ寺）を去つて又、行雲流水に任せようかと思つて居ます、今此のお寺は住職狂ヒ（或ハ争ヒ）でヱライさわぎです。しかも私が其中にとりこまれそう、法学士なるがために）今暫くしたら……今少しおちついて考へます。つらいかな、法学士！

（須磨によつてもらつて私の馬鹿な顔を見てもらひたくないのです。）

（それから此間の裸木君のハガキの「久二は酒をやめましたゾ」此のゾの字はやめて下さいと申して下さい。）

マア大した事はあるまいと思ひます。悠然としてお目にかけます。只、荻原君から別府からハガキを下すつたにはよわつた、私の句を大にほめて下すつて――それにはこまる、私は、荻原君に面と向つて、あつてホメラレル気がしません……私の如き未だ〳〵赤面〳〵コレカラ〳〵……それで、荻原君にも返事を出しません、同氏帰京されたらば――此私の心持を返事して下さいませ、たのみます。（今日本堂で一人で酒をのんでをります）

15　小針嘉朗　宛

大14・日付不明

啓、当地カラ梅雨也、
今朝十時台所カヲカケテ中々広い板の間を四ツン這ヒニナツテ雑巾ガケヲ一人デシマシタ、ガツカリシテ火鉢ニ座ツテ居ル（和尚ハ足が痛イノデ寝テヰル）……扨フト、君ノ顔ヲ思ヒ出ス、ボンヤリシテ居ルガ思ヒ出ス……タトヱバ私が一高時代、三年級ノ英語ハ故人夏目漱石サンニ一年教ハッタモンダ慥カ（バイスバーサ）デ魔法ノ石ガアッテ其ノ石ノタメニ大人ガ小人トナッテ（身体丈ガ）小人ガ大人ニナッテ大イニ矛盾ノ出来事ヲツゞケルト云フ妙ナ本デ、ソレヲ漱石サンニ一年教ヘテモラッテ大イニ夏目サンガスキニナッタモンダ……アノ何時デモ「フン」ト鼻デ笑ッタ冷笑シタ様ナトコロ、ソレデ居テ人情ヤ思ヒヤリガ有ッタ処、哲人ラシイ処ガアッタ、ソノ夏目サンノ事ヲ思ヒ出ス、全ク君ハ似テ居ル、ドコト云フノデナイ全体カラクル、ソンナコトデ君ガスキニナッタノカモシレナイヨ呵々　（略）が早く台湾へ行きたいな、バナナも食ひたいし、ザボンも食ひたい、例の酔生夢死、即チコレ丈で十分也、自分の一間があつて足をのばせ得るなら名ヨモ財産もイラヌ——白雲流水ノ如ク無理ノナイ死ニ方ヲシタイ、十返舎一九が死ぬ時——ドウカ火葬ニシテ下サイ、と親類ニ誠シヤカニタノミ、扨死ンデカラ火葬ニスルト、忽チ、腹中ノ「花火」ヲカクシテ死ンダモノト見エテ——ドント一発、中空ニ花火ガ上ッテ会葬者、唖然タリ……ト云フ話ナリ、コンナ具合に死にたいな

トコロデ前の手紙、放哉一本痛棒おウケタリ正ニ正ニ台湾行のナリフリはドウデモ、

ヨキコト也、コノ点君ニ一本参リ候也、子供デアルマイシ着物ナニ着テヨイカはハゲタ頭ニキケは尚更の痛棒也（略）

小浜・常高寺にて

須磨寺を追われた放哉は、大正十四年五月、知人の紹介で福井県小浜町浅間の臨済宗寺院常高寺の寺男となる。この寺は格式の高い寺であったが、本堂焼失から一年余りを経て再建もならず荒廃していた。住職もその地位を剥奪されていて、経済的にも逼迫していた。俳人飯尾星城子との交信が始まったのもこの頃である。次の落ち着き先として暖かい台湾を考え始める。同年七月、常高寺破産のため京都に戻り、下京区の龍岸寺で働くが肉体労働に堪えきれず、井泉水の寓居橋畔亭に転げ込む。〔小山貴子〕

16　荻原井泉水　宛

大14・6・17

井さま　十七日　放生

啓、京都へ御出ノ事ト思イマス、旅ノ御疲労ハ出マセンカ、今日ハ、余リ可笑シイカラオ寺ノ様子ヲ一寸書イテ見マセフ、此寺ノ和尚サンハ例ノ、天下道場伊深デ修業シタ人、機鋒中々鋭イガ只、覇気余リニアツテト云フ訳カ、少々、ヤリスギタンデスネ、ソレカラ坊サント云フ者ハ、通ジテ、実ニ、「コスイ」。「モツタイ無イ」ヲ通リコシテ実ニ細カク、「りんしよく」ト云フ方ニ、ナリガチノモノデスネ。茲モ御他聞ニ洩レズ、米カラ、炭カラ、味噌カラ、其《ソノ》使イ方至レリ尽セリ、シカモ、例ノ百丈和尚ノ、『一日為サヾレバ一日喰ハズ』ヲ、毎日、二三遍位宛、聞カサレルノダカラ、実ニ耳ガ痛クナル。朝ハ四時起キト五時起キトノ時ガアリマス、四時ハ中々コタヱル、ソレデ、台所一切、オ使カラ、庭ノ草トリ全部ヤルノデスガ、少シ、火鉢ノソバニ座ツテルト、気持ガ悪イラシイ、シカシ、ソヲ〳〵モ出来ンカラ、気モチ悪イノハ、知ツテ居ルケレ共、（ウラニ）火鉢ノソバニ座ツテ居テ時々皮肉ヲ云ツテヤリマス、禅宗ダケニ、話シトナルト中々面白イ処ガ有リマス、今年五十八才ノ和尚ナレ共、足ガ痛クテマヅ「チンバ」也。座しき中ヲ杖ヲツイテ歩キマス、チンバデモ一人前ノ仕事ヲ、コチ〳〵ヤリマス、全ク、ヨク身体ガ動クニ感心シテ居マス、アレデ足ガ完全ダッタラ、ドノ位、身体ヲ、動カスノカト思フ。呵々　道理デ、妻君モ、已ニ〳〵直キ以前ニ、里ニ帰ツテシマツタ由也呵々　今ハ、タッタ一人ノ和尚也、コノ寺ハ板ノ間ガ非常ニ広イノデ四ツン這イニナツテフクノデ大体、ガツカリシテシマイマスヨ……扨以上ノ事ハ、ナンデモナイ事也、茲ニ困ツタ事ハ、一寸以前ニ申上ゲタ事ガアルト思フガ、余リ、ヤリスギタノト横暴ナノトデ、末寺（十ケ所バカリアリマス）……此オ寺ハ中本山……和尚連中全部カラ、反対サレテ、末寺ヲ離レルト云フ事ヲ申出シ、……ソレカラシテ、寺ノ什器ガ無クナッテシマッテルトカ、其他、金銭上色ンナ関係デ本山（妙心寺）ニ申出シ、遂ニ和尚ハ、本春、「住職」ノ名義ヲトラレテシマツテ、末寺ノ某寺ノ和尚ガ兼務住職トナリマシタ。デスカラ、今ハ此ノ和尚ハ、「居候」ノ様ナモノ、末寺ノ連中デハ早クオ寺ヲ出テシマツテクレト待ツテイル、処ガ和尚ハ、例ノガマンデ、（二ケ年スレバ、住職ニ復スル明文ガアルトノ事デス）此ノ寺ヲ出ナイトガンバツテ居ルト云フ処……（小生、――コンナ事ハ少シモ知ラズニ来タ）妙ナコッテスネ……デスカラ、末寺ノ某僧ナドハ『アナタハヱライ処ニ来マシタ、トテモ、アノ坊サンデハツトマラン、早ク京都ニ帰ンナサッタ方ガヨイ』トカ、『オ米』ハマダ有リマスカ』トカ、キク人モアルト云フ有様……御察シ下サイ呵々　ソレモ未ダヨシトシテ、困ツタ事ハ、和尚ニ収入ガ少シモナクナツタ事也（住職ヲトカレシ故）イロ〳〵研究シテ見ルト、日常ノ小使買物ニ対スル代金全部ヲ、先月モ先々月モ、一文モ払ツテ居ナイ、ソノ為メ、ゾロ〳〵催促ニ来ル、……小生ガコレヲコトワリヲシテ退去セシメル役……此間ノ支払ノトキハ、妙案一番、玄かんノ戸ニ「支払ハ二十日ニシテ下サイ」ト大キク張リ出シタモンデス（コウナツテ来ルト、寧ロ、面白イ）扨此ノ二十日、払ヘルヤラ、払ヘヌヤラ、今ノ処、雲烟漠々タリ　多分、払ヘヌ方デセフ、其時和尚如何ナル、妙案ヲ出スカ、今カラ、タノシンデ見テ居マス……ト云フノハ、ヨク〳〵困ツテ此間、和尚ノ命ヲ奉ジテ、「軸」ヲ百本バカリ（ツマラヌモノバカリ）小生、某所ニカツイデ行キマシタ……イヤ、其ノ重タイ事〳〵……処ガ、ドウモ、之ガ、オ金ニナラン、或ハ又、和尚ガタテマシタ新家ヲ担保ニシテオ金ヲカリル可ク役所ニ登記ノ事デ小生ガ数回行ツタガ、檀家、本山ノ承認ナキ故トテ、之レモ「ペケ」…

…ギリ〱ニナツテ来テ居マス、ソレニ外ニ大口ノ借金ガアツテ此ノ利子ヲサイソクニ来テルノモ有ル　トテモ、面白イ、……ソコデ、毎日ノタベ物ヲ御らん下サイ、米ハ、壺ニマダ半分程アリマス、味噌モ桶ニ半分程アル　炭ハ俵ニ三分ノ一程アル、……コレ丈也、……ナンニモ買ハン（買ヱナイノダカラ）。オカヅハ、大豆ノ残ツテルノヲ毎日、煮テ喰フ　味ソ汁ノ中ニハ、裏ノ畑カラ、三ツ葉ト、タケノコ（今ハ真竹デス）ヲ毎日、トツテ来テ、アク出シヲシテ、之レヲ、味ソ汁ニ入レテ煮テ喰フ　外ニハ、ナンニモ買ハン、――小生オ寺ニ来テ以来毎日〱同ジ事ヲ、クリカヱシテ居ル、実ニ（シンプルライフ）、徹底シテ居マセフ、アンマリ毎日、筍（カタクナツテ居マス、時ハヅレダカラ）ヲ喰フノデ、腹ノ中ニ『藪』ガ出来ヤシナイカト心配シマス呵々、ソレト、大豆ヲ毎日〱煮テ喰フノデ、鳩ポツポノ様ダ、……時々和尚ニ……（和尚サン、此ノ豆ハ鳩ガスキデスネ）ト皮肉ヲ云ツテ見ルト、……（ソヲヂヤ〱、鳩ノ好物ヂヤ）トスマシテ居ル。呵々、……何シロエライ面白イ様ナ、ナサケナイ様ナ事ヂヤト思イマス、……コン度ノ私ノ俳句ニ「筍」ノ句ガダイブアリマスガ、――其ノ「筍」ハ、右ノ事情ノ「筍」故御察シ下サイ、カタクテ味モナンニモ無イ呵々………扨、以上、コレ等ノオサマリガ、ドウ、ケリガ、ツクノカ、オ米モ大分、無クナツテ来タカラ、近イウチニ又『局面』ガ一転回スル事ト思イマス、……其時又御報シマス、――(ツマラヌ事ヲカイテ御許シ下サイネ)

小豆島・南郷庵にて

井泉水の紹介状を手に小豆島へ旅立った放哉は、大正十四年八月十三日島に着き、その足で井上一二を訪ねている。井上家は醤油醸造を業とする地元の素封家で、一二は井泉水に師事していた。適当な庵がなく台湾に行くしかなくなったところで、玄々子（層雲俳人、西光寺住職）より南郷庵が空く見込みという朗報が入り、入庵が決定する。庵での生活を持続させるため、焼き米と焼豆を主食とする新生活様式を考案するなど粗食に努めて支出の節約を図るが、栄養不良のため結核が亢進し、大正十五年四月七日、近所に住む漁師の妻に看護されつつ瞑目する。南郷庵での俳句の精進は凄まじく、また、無言独居の寂しさを紛らすためか膨大な書簡を残した。

〔小山貴子〕

17　杉本玄々子　宛

大14・8・20

啓、色々お世話様になりまして感謝の辞ありません　どうか将来、不肖私のいつまでも盟兄として御厚誼御願申上ます
奥様御帰りになりましたかよろしく御願申します
○私一人で、小生「晋山式」を一人で喜びつゝ（ビール一本を祝申候）呵々
『西瓜の青さごろ〳〵と見て庵に入る』
　御批評下さいませ
此の西瓜は、御徒弟様方へ差出します

買物ノ出サキニテ　尾崎生

御住職玄々子榻下

18　小沢武二　宛

大14・8・24

啓、先達而から、御いそがしい中を、いろ〳〵御願ひ許り申し茲に更めて厚く御ことわり申上ます、扨、今日はゆつくり書かせてもらひ度いと思ひます。

其前に、一つ二つ、御ことわり申して置きます、此手紙の最後迄には、ツマラヌ泣事やら、御願やら、又落ちがく屋ばなしになる様な事があらうと思ひますから、どうか、此前の様に「俳春」なんかに出していたゞかない事を御願します。又、例により、お金がないので、原稿紙の裏面に迄書かせてもらひます、うるさがらないで其辺ウン、ヨシ〳〵と御読み下さいませ。

扨、何から書いてよいやら、大兄の通信をいたゞかざる事久し、時々コレカラはハガキでもよいから下さいネ、扨かへり見れば、も大袈裟だが、一昨年、秋風落日と共に、妻は勿論、自分の「家」といふものを捨てゝ一灯園にとびこんでから正に三年目、考へて見れば、づい分流転したものです、ソレが此度、不計、少なりと雖も兎に角、一軒の「庵」の主人公として只一人、自由に起臥し得るやうになつて（他に気ガネ無くて）あなたにユツクリ此の手紙を書いて居るといふ事は何としても、落付いた嬉しい気分であります、所詮、死ぬ迄凡俗の私として無理からぬ事と思し召し下さい。偏に井師はじめ同人の御厚意のおかげと、お大師様の前に合掌せずには居られません。此の庵には、お大師様と、小さなお地蔵様とがまつつてあります、両方共、私の大好きな仏様であります。（仏様に好き、嫌ひも可笑しな話しですがネ）私の仕事は朝夕の庵の内外の掃除、仏壇の払拭、其外は句作か本があれば本をよむ、以外には何時でも勝手な時に、木魚をポク〳〵叩いて読経して居る事であります、様々な御経を時を定めずヤルのですから近所では、少々変に思つて居るかも知れぬ……近所と申しても、イクラもありませんのです、丁度、スマのお大師堂を独立さして、茲に持つて来たといふ処、私の落ち付けるワケであります、シカシタベ物は、甚かん単であります、（之はアトで申上げませう）御承知と思ひますが、私が井師と別れて京都を立つときは、多分小豆島がいけなければ、台湾に行くとキメテ而も、七八分通り迄は「台湾行」と内心ではキメて来たのであります。

小豆島は、小生以前（全盛？　の時代）一度来た事があるのでなつかしい気もあり旁来て見たワケであります、処が小生京都出発と同時にイヤ行違ひに、一二氏から「当分見合せる方よし」と井師宛手紙（且打電も）があつたのですから……「ヤツパリ台湾行かな」とキメて居たのです、処が、全く偶然に、西光寺の和尚サンから夜、オソクなつてから「庵一ツアク見込」といふ電話……処が西光寺サンにもあはずに兎に角、四国国分寺に居る国分寺住職が風水学（人の運勢も見ます）の大家として井上氏も西光寺氏も信仰してる故、一度行つて見てもらへとの事。ソコで直に、四国に又渡つて、国分寺大和尚に御目にかゝつたのです、……此の頃の小生の心持は、実にドウなる事やら、ワガ身でワガ身がわからない、といふ白雲に乗つた様なもんで……扨和尚サンに逢つた処が……小生の先祖（大和の南朝方の武士）より始め小生の血属関系に及び、実に数万言を述べられ、結局、私が此度井上氏宅を尋ねた事、西光寺サンの庵に入る事等前世より既定の事実也、ユックリ落ち付く可しと云ふ事（此辺の事は又委しく書きます）に相成申候（淵崎村が已に南朝の亡命の士を先祖とせる処の由）小生、於茲、大に嬉しがり、安心し、四国より帰島し、此の由を両氏に物語り、早速西光寺サンより御話ありし、此の「庵」に入るといふ実に眼まぐるしい変化の上、只今、一人、ユルく\と落付き居る処に有之候、只、此の「庵」の経済が、きく処によれば例の春三月頃、オ遍路サンの多い時にいたゞく「さいせん」と「お米」とで一ケ年分の夕ベル材料を得る例に有之候由、即、今は時候ハズレの霜枯時とて、来年三月頃迄、トニカクナントカシテ命をつゞけて行かねばならぬといふわけに有之候（ソレカラハ常態に入る事故）扨、井上氏や西光寺サンは「ナントカタベル位ハナルデセウ」と云て下さるけれ共、……ネ……其所です……一灯園に居た如く、別に、ドチラ様の托鉢をして、働いて居るワケでなく、只、一人で、呑気に「庵」の留守番をして居ると云ふ丈故、甚だ相済まぬ、心苦しい次第と思ふのであります。そこで、先日井師に御願したのは、先刻御承知の「小生後援会」（之ハ渡島前ニ出キタノダケレ共）アレを押し付けるワケには毛頭行きませんが、右の事情御了察の上、来年三月頃迄として（小生のたべて行くだけですからイクラも要るまいと思ひます、折によれば「ソバ粉」や「麦粉」でお米の代用もさせ様と考へて、已に買つて来て実行してゐる事もある様な有様……但、井上氏や西光寺サンは恐縮する程親切にして下さるのですが、……私として相スマヌのです）ソノ間ボツ〳〵其後援会の講中を作つていたゞいて、三月迄ヤラシテもらひたいと思ふのです。東京同人に対しても、アノ「後援会」なるもの、妙に誤解されはしないだらうかと、私は井師並に北朗氏にも話した程恐縮して居るのですが、右の情々に有之候間……此際、大兄に於て、ヨロシイ引キ受ケタ、と願ひ度い、そして東京同人には大兄よりよろしく御とりなし、且講中世話方御願〳〵といふ甚、虫のよいワケ……ザツとかいつまんで御願申します、なんとしても、東京同人の了解を得る事と、マヂメで大兄に御ねがひ申して置きます。

扨、此の「庵」の住み心持、庵の周囲の状況と云ひ、例の小生の大きな、海が小さい庵の窓から見える事と云ひ、長く落ち付けそうです。今の処では、茲で此の庵で死なしてもらひたい、とさへ思つて居ます、矢ツ張リ因縁でせうか、三年間づゝい分廻り〳〵して来たものだと思ひます、一体、世の中は、コウ持ち廻つて来るものなのかも知れませんネ。

最後に一寸、妻の問題にふれて置きます……妻の御知己を得てゐる、夢人君と外の只一人の大兄として……此間も井師に一寸話しましたが、妻は矢張り遠方に離れて居りますが、例の『手鍋さげても』といふ徹底生活を好まないのです。矢張り『体面論者』であります、彼女に「手鍋さげても」が出来ない所以は、蓋し私の「人格」の「小サイ」結果であります、私に「誠意」が足りない結果であらうと思ひます、彼女の手紙には、イツもキマツタ様に、……『私は、必職業生活をしてお金をもうけて、そして私を引き取つて、昔日の豪奢（?）な生活をさせてあげます、それ迄は必待つて居なさい』と申して来るのであります。私は「彼女」の言を信じて、此の庵にイツ迄も〳〵待つて居る考であります、而して、或は、此の庵に於て死んでしまふかも知れません、井師は『そりや君の妻はヱライネ長火鉢の前でヤニ下ツテル女髪結の亭主の様に、今から「丹前」の用意が必要だ』と申しました。私も是非其の「丹前」の用意をして待つて居る考で有ります。そをして大に……其時……大兄を羨望せしめよう。而し、私は「勇気」に於て「熱誠」に於て、常に彼女を謳歌して居ります、そして感謝して居ります、そして、常に健全なれ、幸なれと毎月オ大師サンに合掌する事を忘れないので有ります、御承知の通りの美容を洋装に包んで《満州に居たとき、ハルピンや長春では彼女はよく洋装をして、平気でケトーの間をトンデ歩いて居りました。……コウ書いて居ると其の姿が目の前に見える様であります》……丹前姿の私と二人が、東京の街を自動車でとばして居るのは何年将来の事となりませうか、私は此期待に生き又此期待をもつて死ぬかも知れません……彼女の美容など云ふと……裸木氏なんかにナグラレルかも知れぬから、……秘密に願ひます……なんだか半ば真面目な、様な半分皮肉な様な書き方で恐縮千万、アア万事御察しに一任します。……而し、「桂子夫人」の如く死んだ人はムシロアキラメがつき易いかも知れぬ……いつかも井師に云つた事だが如何……如何……久しぶりに妻のノロケを書かしてもらひました、御許し下さいませ。

余り長くなりますから、之でやめます、御願ひやら何やら、ゴチヤ〳〵で偏に御許しく。
之からは句作に没頭します考、……層雲、俳春、茲宛に御恵送下されば、難有存じます、読むものあればなんでも送つて下さいませ。敬具
（鍋からカマからタワシから買ひ込む、まるで新世帯をもつ騒ぎに候）……其新世帯の只一人、南郷庵主人　放哉
（台湾のリヨヒを沼津にコサヱに行つたときは、電報やら何やら、難有う御座いました）

19　荻原井泉水　宛

大14・9・2

啓、今日ハ二日、和倉カラノハガキイタヾキマシタ故、日程ノ予定通リ茲一両日中ニハ御入洛ノ事ト思ヒマス、」扨、色々変ツタ事ヲ申シ上ゲテ、又放哉ガ、ダマサレタカナナド、狐ニツマヽレタ様ナ処ガアリハシナイカト思フカラ其后ノ情報ヲ一寸申上マス、」西光寺サンハ前便申上タ通リ、『アナタノスキナ時迄、御出下サイ、

失礼ダガ金銭上ノ少々ノ御助力ナラバ、御心配ナク申シテ下サイ、毎月オ留守番（庵ノ）代トシテ差上ゲル事ハ、私ノ心持チトシテ全ク、自然的ニウレシイノデスカラ、遠慮シテ下サルナ、只若シ、コレカラ先キ、私ガ、ソンナ御助力スルトシテモ、井上氏及私ノ妻ニハ絶対秘密ニシテオイテ下サイ、ノミナラズ、今回カク私ガ、アナタニ申上タト云フ事モ、井上氏ニハダマッテ居テ下サイ　私ノ立場トシテ、出スギタキライガ有リマスカラ……ソレカラ外ノ庵（一年中、ユックリタベラレル処、一二ケ月后、新築ノ処、or、改築？）ニウツラレル事モ、何等、差支ヱアリマセン最初、私カラ、アナタニ、其ノ事ヲ、申出シタ位デスカラ決シテ、ヱンリヨシテ下サルナ、ソシテ大ニ句作シテ下サイ、私モ、大ニ句作ヲヤリマスカラ』……大体、如以上、実ニナントモ、感泣ノ外ナシ、……只、井上氏ハ、……（オ金持ノ心理状態ト云フモノハ又別デスネ）『一夕月ヤ三月寝テ、遊ンデ居タ処デ、自分ノ家カラ、米デモ、ナンデモ持ッテ来ルカラ平気ニ静養ナサイ……只キイテ見ルト南郷庵ノ収入ハ、少ナイラシイ（前便申上タ通リ）ソコデ、別ノ方法ヲ案出スル必要ガアル、私例ノ「一年分、ユックリタベラレル庵」ニアナタヲ入レテクレト、タノムノモ、私トシテ、アマリ西光寺サンニ、モタレル様デスマヌシナ、……（之ノ間ニハ例ノ先便、中上タ、本堂建立寄付金ノ問題ラシイ　之ハ、西光寺サンノハナシ）何レ、オ盆ガ、スンデ、ユックリシテカラ、用件ヲカネ、一度入洛シテ、先生ニアッテ、名案ヲ出シテモラウカ、又ハ、島ニ一度来テモラッテ、西光寺サント私ト三人デ相だんシタラ、名案ガ出ルカモシラン、マア、ソレ迄ハ、ユックリ、寝テ、静養シテ居タラヨイデセフ』……大略ソヲ云ツタ様ナ処、……処ガ、コチラノ方ニハ名案ガ已ニ出来テ居ルノダケレ共、……妙ナ事ニ候、猶、次ニ私ノ心理状態ヲ少シ、カ、セテモライマス……実ハ小生此ノ三年間、流転ノ旅ニ、スッカリ、ツカレマシタ、ソレデ、安定ノ地ヲヱタイ……（台湾ニ行ク考モ、モトハ、玆カラ出タノデスガ）身心共ニ、疲労シタノデス、……処ガ、ハカラズ、当地デ妙ナ因縁カラ、ジットシテ、安定シテ死ナレソヲナ処ヲ得大ニ喜ンダ次第デアリマス、……『之デ、モウ外ニ動カナイデモ死ナレル』私ノ句ノ中ニモアリマスガ（昨日、東京ニ百句送リマシタ中）、只今、私ノ考ノ中ニ残ッテ居ルモノハ、只、「死」……コレ丈デアリマス　積極的ニ死ヲ求メルカ、消極的ニ、ヂットシテ安定シテ居テ死ノ到来ヲマッテ居ルカ、……外ニハナンニモ無イ、……イツモヨク笑話ニシマス妻ノ事ハ、アキラメテシマイマシタ　性的ニ要求シナイモノニ熱烈ナ愛ヲ求メル事ハダメデス、即、今后、ドウナッテモ、又、何年、何十年先キノ事モ、彼女ノ勝手タル可シト、全クデアリマス……淋シイケレ共、致シ方ガナイ、厭人性ノアルモノハ、熱烈ナ「愛」ヲ求メルカ、「自己」ヲ取消シテシマウヨリ外途ガナイ、……イツカ、アンタモ、コンナ事ヲ書カレタト思フ　其ノ、タツタヒトツ現在ノ私ニ残ツテ居ル「死」……ソレト関連シテ、コ、一週間程、私ハ自分ノ生活状態ヲ変更シテ見マシタ、……ソレハ、「米」ヲ焼イテオク事デス、ソレカラ「豆」ヲイツテ置キマス　ソレト、「塩」「ラッキヨ」「梅干」ノモラッタノガアリマス、ソレト、「麦粉」「オ砂糖」、……以上ダケシカ私ノ身体ノ中ニハイルモノハ一品モアリマセン、勿論、魚ナンカ少シモ、タベマセン、……「焼米」「焼豆」ハ中々堅クテ、一日ニ少シシカタベラレマセン、……ソシテ、番茶ノ煮出シタノト、前ノ井戸水トヲ、ガブ〱呑ム事デス、一日ニ土瓶ニ四ハイ位、呑ンデシマイマス、……腹ガ、ヘッテ〱何ノ仕事モ出来マセン、立チ上レバ、眼ガクラ〱トマイマス、ソシテ妙ナ事ニハ時々頭痛ガシマスネ、……ツマリ私ハ例ノ断食ヘノ中間ノ方法ヲトッテ見タノデス、……果シテ、之デヤッテ行キウル自信ガツケバ、井上氏ニモ、西光寺サンニモ何ノ御心配ヲカケナクテモ、此儘、此ノ南郷庵主人トシテ安定シテ、死ヌ事ガ出来ル、……之ガ、何ヨリノ希望ナノデス、

（オ金モオ米モ一ケ月ハイクラモカ、リマセンカラ）今日デ、一週間位ニナリマスガ、ナントナク、身体ノ調子ガヨクナッテ、来テ、之ナラヤッテ行ケルカモ知レマセン、ソシタラ実ニ万歳デス、……ソシテ、身体ガ衰弱シテ、自然、死期ヲ早メル事トナレバ、実ニ一挙両得ト云フワケデ益万歳デアリマス、……（妙ナハナシダケレ共小便、ムヤミニ行クケレ共、大便ハ一向行キマセンネ）……未ダ申シ忘レマシタ　一度、腹ガヘッテ、タマラヌノデ西光寺サンカラ、「ジヤガ芋」ヲモラッテ来テ、「三ツ」、煮テ塩ヲツケテ一日ニタベマシタ、大ニ腹具合ガヨイデス、此島ハ「サツマ芋」ノ産地ノ由故、時々「芋」ヤ、「大根」ヲ井上氏ヤ、西光寺サンカラ、モラウ位ハ、ナンデモナイ事ト思イマス……此生活様式ガ、ホンモノニナツタラ、ソヲスレバ、ドナタニモ心配カケナイデスム……ソシテ、唯一ノ残ツテ居ル希望ノ大ニ喜ンデ下サイ、……未ダ一週間デスカラネ、但、ドウシテモ、ヤッテ見ル考、「死」ヲ尤早ク、ソシテ、安住シテ、自然ニ、受入レル事ガ出来ル、……ソシテ、只、ソレ迄句作ヲ生命トシマセフ（ソレ迄トハ勿論、死ヌ迄デスヨ）、今日ハ、オ盆ノ仏様ノブドウヲ少シタベマシタ、ウマイデスネ……ドウカ此ノ私ノ生活様式ガ成功スル様心カラ念ジテ下サイマセ……何シロ、急ニヤラズニボツ〳〵ヤッテ行ク考デ有リマス、……ソレデ、矢張リ、「后援会」ノ方ハ前便ノ通リニ計画シテ下スツテ、御保管ヲ願ヒマス、……ソシテ井上氏ナリ、西光寺サンナリニ、ヤムナクオ借リシタオ金ノ支払（生活費、タバコ代、シヤツ代ト云ツタ様ナモノ）ニアテ、モライタイノデス、此間モ、私、二三人ノ人ニ、「押シ付ケ」デハ無ク願イ状出シテ見タ処ガ、（同人ノ中デ）、大分、「脈」モアル様子、ドウカ御願申シマス、……（北朗氏ノ通知デ、ガツカリシマシタガ）但、此ノ私ノ「生活様式」ガ完全ニナレバ、……日ナラズシテ其必要無キニ至ルヤモ知レマセンシ又、例ノ死ガ到来スレバ葬式代、（国ノ兄姉デモ出シテクレマセフガ）ノ一部ニナツテシマウカモ知レマセン、マア、笑談ハヌキニシテ、此上トモニ、御世話様ヲタノミマス、ソレカラ、甚中上兼ネル次第デスガ例ノ大部分、台湾行ノ考デ、「浴衣一枚」キタキリ雀デトビ出シタモンデスカラ、時、「秋冷」トナルトシヤツ、ナリ、ズボンナリ「袷」位、ホシイ、羽織ニハ例ノ、常称院カラモラツタ、「道行」ヲ、着ル事トシマス、ソレデ、ソンナ物ノ費用トシテ、井上氏宛ニ送ツテイタヾイタ、三十五円ノ旅費ハ、（此家ニハイルニツイテ、買ツタ、鍋トカ、ドビントカ、其他共）大部分ハ費消サレル事ト思フノデ有リマス』只今ノ処、井上氏ノ処ニ、アノ中カラ拾円位、残シテ、オイテ、其以外ノ金デ「秋冷」ノ用意ヲシテ、扨此ノ九月カラ、新ラシイ「生活様式」ノ実行ニハイル考デ居ルノデス、否已ニ実行シテ居ルノデスガ、……一寸以上ノ様ナ有様デアリマス　昨日ハ九月一日ト云フノカ、「井上氏」ノ処カラ、蓮根一本モツテ来テクレマシタ、甘ソヲダツタガ、前ノ島ノ人ニヤツテシマツタ、（一二氏ニハ内密）兎に角、前述ノ通、焼米ト水ト茶デ、目下ハマダ、フラ〱シテ、大抵横臥シテ居ルノデス……其内ニハ必ヤ元気ガ、出テ来ルト思ツテ居リマス、……何レ、一二氏ノ入洛、（若シ、アリトシテモ）ハ、ユツクリシテカラノ事ラシイカラ、何日頃ノ事ヤラ、オソイ事トハ思イマス、来月カ、来々月カ、ソレモ、ワカリマセン、ガ、或ハ又、西光寺サント、イロ〱話シノ妥協ガ出来ルトカ、（寄付金ヲタクサン、出サイデモ、ヨイ様ニナレバ……之ハ一寸、ワル口デスガ）又ハ私ノ今ノ「生活様式」ガ、愈、シツカリシテ、之レナラバ、大丈夫、ヤツテ行ケルト云フ見込ガ付ケバ、御両人ニ話ス考デスカラ、ソシタラ、或ハ入洛シナイ様ニナルカモ知レマセン、入洛シテ、アンタヲ又、島ニツレテ来テ西光寺サント話ス　ソンナ、ヤヽコシイ事ヲセズニ、スムカモ知レマセン、――私ノ「生活様式」ハ必、ソヲサセル考デスガ、……マア、当分ノ間ハ、アタリサワリ無イ様ニ、井上氏カラ手紙ガアツテモ、礼状デ、私ノ事ヲタノンデ置イテ下サイマセ……但、西光寺サンニハ、……（井氏ニハ御厚意ヲ打アケマスト話シテオキシ故）……ドコ迄モ、立チ入ツテ、御礼ヲ、申シテ下サレ度、猶、私ノ事ヲ、ヨロシク御願申シマス

サヨナラ、此ノ手紙、イツ頃アノ円通寺橋畔ニツクダロウ、キツトアナタガ帰洛后ダロウト思フガ、……旅ノツカレハ有リマセンデシタカ、コン度ハ大分句作ガ出来ソヲデス、……コウシテ書イテオル間モポリ〳〵焼米ヲカンデ、茶ノ出ガラシヲ呑ンデオリマス呵々……ドウナル事ヤラ、……バタ〳〵ト老衰ガ来テ、「参ル」カモ知レマセンネ、呵々、

れうチヤン、マダ御出デセフ、……私ノ此ノ生活様式ガ成功スル様共ニ祈ツテ

クレト申シテ下サイ

北朗氏ニ山々よろしく願ひます（層雲ニ、「入庵雑記」ヲカイテ見タイト思イマスガドウデセフ?）

ホントニ、只今ノ、簡易生活ガ、（只今ノ様ニ、少シ大風ニ吹カレルト、スグブチタヲサレソヲナ、ヒヨロ〳〵デ無クテ、少シ、腹ノ底カラノ、元気ガ出テ来テ）……ホンモノニナツタラ一ケ月ノ食費ハ、ホントニ、オ話シニモナラヌ程ノモノダ

ヲ自然的ニ受入レタイト思フノデアリマス……ドウカ成功スル様ニイノッテ下サイ、

ロウト思イマス、……ソシテ悠然トシテ、タッタ一ツ残ッテ居ル、タノシミノ「死」

20　飯尾星城子　宛

大14・9・14

啓、今朝御ハガキ拝見、あなたの小生の句に対する批評を見て、一寸面白かつたから、少々書いて見ませう、いくらかでも今後の御参考になれば幸と存じますので、全体私は議論や理屈が大嫌ひでイキナリ実行に取かかる男なのですが今日は、よい機会と思ひますから少し書いて見ます、『理屈が嫌ひな為に或時期からムヅカシイ本を読むことを一切やめて居ります、従而新聞紙なんかもズイ分長く見ません、此の儘で今暫く通して見たいと思つて居ります』、扨アナタの句評に『自己をはなれた自己が何処にあり得るか？　『此の場合の自分は概念の自分ではないのか？『自分のホントの魂が第二の概念の自分を探して居るのか？　『それともホントの魂を概念が探してゐるのか？　等の疑問があるのですが実はその一ツも的にあたつて居ないのです、アナタの疑問は、皆ソレ矢となつて他にとんで行つてしまつて居るのです、（此の句の私の心持は最後に書きます）、扨何故でせうか？　何故的をはづれてしまつて居るでせうか？　茲ですよ手ッ取り早く根本問題から話しませう、俳句は哲学ではありません、論理学でもありません、況ンや心理学でも三段論法でもありません、俳句は「詩」なのです、私をして云はしむれば寧ろ「宗教」、なのです「宗教」、は詩であります。決して、哲学ではありません。之を論ずることになれば、頗る長くなりませう、私は只結論をココにあげてアトハ賢明なアナタの解釈に任せませう、ツマリ「詩」であるべき「俳句」をアナタは之を哲学から或は又論理から批評されるから皆的がはづれるワケなのであります、俳句は詩であり、宗教である筈であります、私の句は……ですから……『コンナ事をしたり、考へたりして居るのは果して自分だらうか？　平生の自分はコンナ事をやつたり、考へたりすることはナイ筈ナのだが……而し事実やつてる……シテ見ると矢ッ張り自分は自分なのかな？……ナンダカ分らなくなつて来たゾ自分なのか、自分でないのか……どうだらう？……其茫然として、自己が「空」になつてゐる端的の表現と思つて下さればよいのです、「探してゐる」といふ事は云はば「詩」のアヤと云ふものでありまして之はホンノ軽い意味のもの、探しても探さなくても実はドッチでもよいのですよ、ソレをあなたは哲学的に此の「探す」、に引つかかつてしまつたからドウにも、しかたがなくなつたワケであります、……ホンの之丈の意味なのです……「詩」としてはそれでよいのであります』元来「歌」は入るに難く這入つてしまへば、ヤサシイが「俳句」は入るに容易で、扨、這入ると、ソレカラがいくらでもムヅカシクなつてくるといふのは古来定説であります、全くの事で、之も早く説明すれば、全人格を作ることがホントの俳句を産むのですから、ムヅカシイ、わけです、古今の俳書を通覧して、ソレデ俳句が出来ると思ふと、大間違ひです、況ンや近代の所謂、新傾向の句集や、俳論だけを見てソレデよい句が出来ると思ふナドは寧ろ悲惨であります、ソレハ器用な場アタリの「句」は出来もしませうが、ホントの詩としての俳句は出来るものではありません、「俳書」のみならず、俳句以外のアラユル研究をし尽して、ソシテ人格がダン〱向上し、完全になつて行くに従つて、ヨイ句が出来るワケであります、俳句は人格の反射ですから」。デスカラ「句」以外のアラユル物の研究材料が「ミンナ」表現サレル、俳句の内容を知らず〱形作つて行くのであります、……此の事はよく井師とも話しあふ事実であります……近来北朗氏が大いに此点に感ずる処あつて「茶の湯」の研究をはじめ、又禅学の提唱をきいて居ます、其の結果でせうか……北朗君の句は近来非常に変つて来ました、……本人も先日さう申してゐました、裸木君の句も此頃少々変つて来たソヲであります、私も、俳句は十五六歳の頃、子規存命中からやつて居りまして「一高時代」は中々盛ンにヤリマシタ、其の頃、井師は私より一級上で「愛桜」と云つて居られたのです、其の後、世間の仕事に引ツパラレて、ブラ〳〵して居たのですが、一寸した機会から又熱心にヤル様になりました、今では私にはナンニモ残つて居るものは無いのでありまして、只々俳句丈であります、之れ丈で死なせてもらひたいと祈念してゐる次第であります、（此の辺の事は最近「層雲」に一寸したものを久しぶりに書くことになつて居りますから其の中に書いて見る考へであります、読んで下さいませ）、何だかゴタ〳〵書きました、今度庵を訪ねられてもコンナ理屈は、最早一言も申しません（之が私の主義ですから）、只世間話しがきき度し、若し、此の手紙がイクラカでも御参考になりましたら、御帰省後、同人諸君に御話下さいませ、放哉はコウ云ふ考へをもつて居るとネ、之で失礼。

一四・九　　放哉生

星城子様

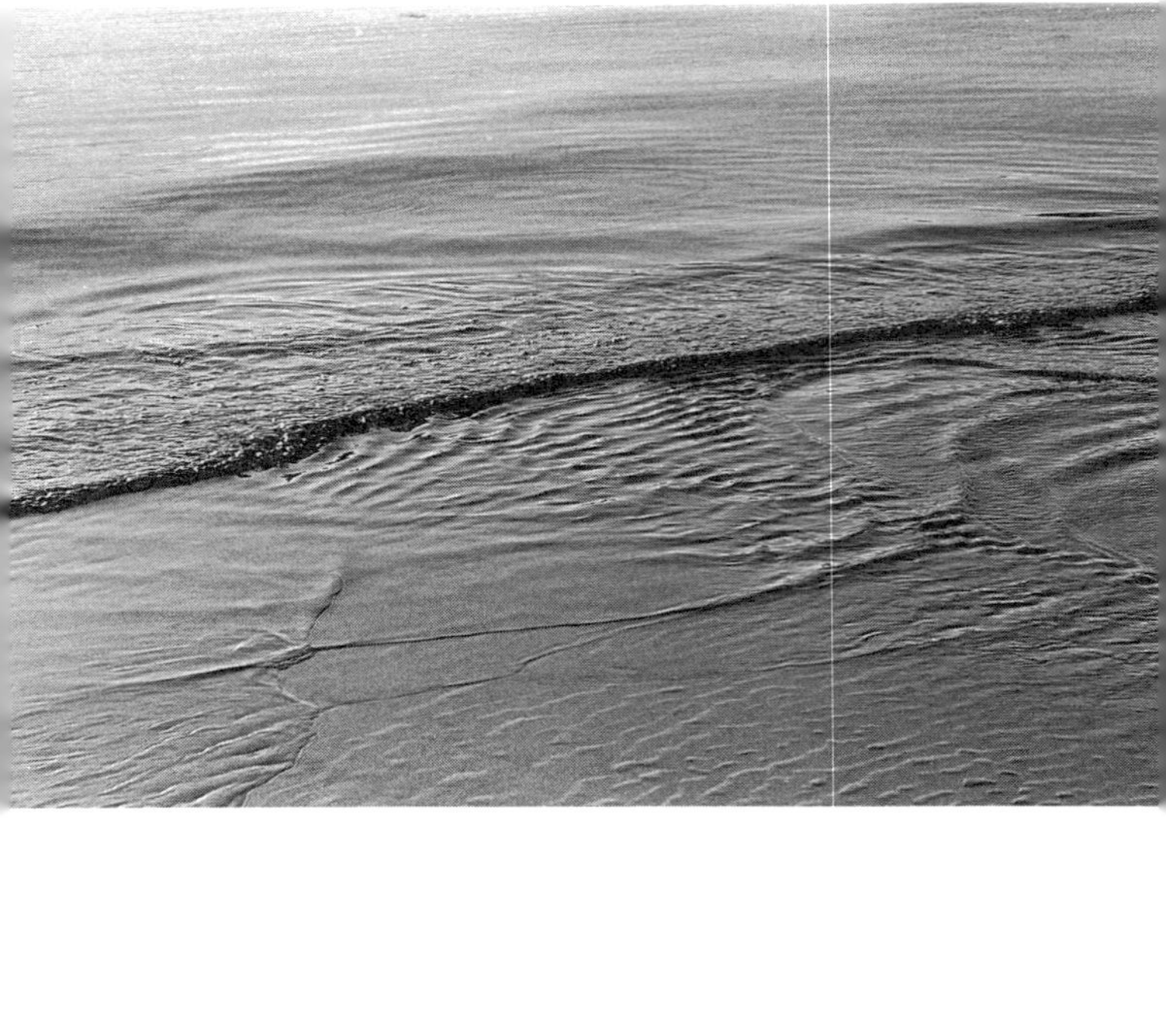

21　飯尾星城子　宛

大14・9・18

啓、只今御便り拝見、又少し面倒臭い事を書かしてもらひませうかな、放哉は議論家ヂヤないのだけれ共、呵々、「足のうら洗へば白くなる」、の句についてアナタは……「貴方の単にして純なる個性は認められますが」、云々……と云はれましたネ、処がこの足の裏、の句は、単純から複雑に這入つて、ソレから又単純に出て来た、……少しムヅカシク申せば……差別観の世界から無差別観に這入つて、ソコカラ又差別観に出たと云ふ形……少しヤヤコシイデスネ呵々、而し右の意味をよく味つて見て下さい……扨、此句は……吾々が平生、身体の中で一番酷使する処は「足のうら」である、而も、吾々は只、無意識に酷使して居る……然るに彼……「足のうら」は、只黙々として吾々の酷使に服従して居る、誠にかあいそうな彼ではないか、そう思つて静かにタン念に洗つて居れば白々と、白くなつて行く「足のうら」、は比較的白い処なのである……ソヲシテ洗つて居ると「足のうら」、がダン〳〵白くなつて淋しそうに「有り難う御座います」と自分の顔を見て感謝して居る気がしませんか、……猶一面の表現としては……此ノ無一文生活に這入つてしまつてから、オ風呂にもロク〳〵這入らない、炎天で筋肉の仕事をする、実に顔も手も足も、マツ黒にキタナクなつてしまつた、筋は緊張して来るし、皮は厚くなる、骨のフシ〴〵は太くなる見られたザマぢやないな……コウ思ひながら久しぶりの御風呂か、又は川の流れで「足のうら」、を洗つて居ると不思議に、マツ白になつて行く、オヤと思つて洗へば洗ふ程マツ白に実に綺麗になつて来る……丁度自分が「社会」に居た時、ズイ分栄華を尽して居た時分の「足のうら」の様に……奇れいに白く。……而しモウダメダヨ、「足のうら」よ、オマヘ丈は依然として、ブルジヨアでも、此顔、此手、此足、此衣物はどうだ……自分は今、金もなく、着物もなく、妻もなく寝る家迄無いのだぞ……「白い足のうら」よ……かう云ふ風な表現に見てもらひたいのです、これだけの表現をさせる為には矢張り、未完成の完成にして、「洗へば白くなる」と只、ブツキラ棒に、ホリ出し、投げ出すより外には方法が無いのですよ』通信によると、荻原井師は之が私の「句」といふ事を知らずに選に入れたのだそうで、アトで、放哉も句を送つて居たので其の中の一句だと知つて大変に喜んだそうです、ソシテ右述べた、私の句の意味の解釈通りに解釈してくれたそうです……私も大によろこんで居る次第です。ナンか御参考になる点がありますか？　議論は右にて終り』扨テお酒なり、煙草の件、感佩々々、軍隊のホマレはうまいそうですネ、民間には有りません、ウイスキも上等はいくらでも有りますけれ共、そんな大したものでなくてもよろしいです、クラウンだの、ブラック、アンド、ホワイト、なんか失礼ですが其の辺の町には無いでせう、ズイ分高いことも高いのですから……乞食坊主がゼイタク申すガラでは御座いません。日本酒、ウイスケ、なんでも結構……只アナタと一夕少々よい気分になつて愉快に、話したい、其の材料なんですからネ、残しておいて又、毎日、ボツ〳〵呑もうナンテそんなケチクサイ未練は無いんですから……何でもかまわず、呵々、只々御仏まかせと致しませう。匆々。

十八日

22　阡陌余史郎　宛

大14・9・24

啓、こんな書き方をして御許し下さい、アル人からこんな大きな原稿紙をいたゞきましたので、ソレで書きよい様に、こう横にして書きます」此間、社の弥十郎サンから長文の手紙をもらひまして嬉しい事でした、其の時御手紙の中に、アナタが此頃、例の神経衰弱で、社を休んで居られる由を承知しました、此前の御便りで御わるいとは存じて居ましたが、社を休んで居られる程イケナイのですか、大変御案じ申して居ります、昨今、どんな御具合ですか、少しはよい方ですか、……だん〳〵、秋らしく、なつて来ましたから、ソノ病気には、追て全快する時期になる可き訳ですが、如何です、大阪ハ例の「松茸」がたくさん出る処ですから（店頭に）、大に食欲を刺激させて、ドシ〳〵元気になつていたゞき度い、　……私なんかどうします、毎日、焼米ボリ〳〵の水ガブ〳〵で、それでも夜は、よく寝ますよ、ソレデ居て朝から、殆んど一日中、無言独居てんですから、大抵、クサ〳〵するワケなのですが（特に雨ふりナドハ）処が、ドウ云ふものか、放哉坊主、ソモ〳〵、乞食坊主に出来上つて居るのか、一向になんとも無い処では無い、それが、一番、うれしくて、只、ダマツテ一人フラ〳〵して居ますよ、よく〳〵退屈になれば枕をして、ゴロリと横になります、勿論、眠るでもなし、眠らないでもなし、ソレカラ「句作」してゐるか……尤、「般若心経」と、「観音経」とは、毎日読経します、何しろ長い間、「寺から寺へ」であつたのですからオ経は大分上手ですよソレにお経をよんで居ると只、理由なし、ワケ無しに、「スー」としてよい気持になるのですよマアこうして居る間には、それこそ、「スー」と消えて行く様に死んでしまうでせう、呵々、……今日、こう云ふ句が出来ました、「なにがたのしみで生きて居るのかと問はれて居る」……全く、ヨク人から、コンナ事を、聞かれるのですよ、……ウマイ物を、たべるデは無し、別嬪サンとか、女房とか、傍に居るでは無し、……全く、人が不思議がるのも無理は無い、……自分でも、サッパリ、わからんですもの……況んや他人様がワカルものですか、呵々、……只此儘にして居れば「スー」と消えるでせう、……「木の端の坊主」とは兼好はウマイ事を申しましたよ、呵々、……今日ハ朝から雨……クダラヌ事を御見舞旁書いて見ました。御許し下さい、早く達者になつて御手紙下さいな是非まつてます、オ宅を知らないから、「社」にあて、出して置きます、サヨナラ

二十四日　放哉坊

余史郎様

23　荻原井泉水　宛

大14・9・27

井さま　二十七、昼、秀生（東京宛、第二回目ノ通信）

啓、東京へ帰られると、いろんな用事がつめかけて居て、御いそがしい事と思います、ソレデ簡単に書かうかと思つたが、アナタ丈けには少し長くなつても書いて見ないと、私の気がどうも済まぬので、とう〳〵書いてしまいました　夜、寝る前にでも読んで見て下さい、……二十五日京都出の御手がみ只今拝見、只、何も申す事無し、……おかげに有之候、……どうなつて行くか、アナタの御言葉通りに、ヤツテ行きます、それが一番よい方法と思います、……ホントニ、アンタの朝めし前に来たとは、ヅイ分早い、北朗氏ハねむくて困つた事でせう、よろしく御たのみ申します　これから少し書きたい事は全く、ゴタクですが、まあよんで下さいな　決して、弁解は致しません、事実を申しあげる、まあ、夜長の一興位なところで、……小生逸話を残す、……逸話なんて、ソンナニ安つぽいモノとは私は思つて居ないのだが、名家《メイカ》（？）の体面を何より、アリガタイと思つて居る一二君には、或ハ逸話

かも知れん　どうせ、気持の置き処が、ドダイ根本から異つて居るのだから致し方もありますまいが、……所謂ソノ小生の逸話なるものも、一二君、自ら招いた（先便一寸申上たが）結果ニ外ならぬと思ふのです（虫がよいかも知れないけれ共）第一、アンタそんなニ豪遊するオ金といふものがありません、……一二君から「君ノ問題ニハ今、考えて居られない、おへん路にでも出たら……」と、真ツ向から来て、ムシヤ、クシヤ、とした時、……例の「監獄」にでも這入らなけれバコノ自分の、ホントの沈静と云ふものハ出来ないか知らんナド時々思つて見る私なんだから、ムシヤ、クシヤ、した時ハ、悪魔主義に激変する傾向が大ニ有るのですからネ、……（一二君ハ、コンナ事ハ知りますまいよ、只、ヤケ酒の、淋しいから呑む位な処でせう、）……私としてハ、今少し深い根底から自分の「行動」が出て来る様にうぬぼれて居ますが、（ソンナ事ハドウデモヨイデス、マア、そんな事で、アノ際、アレ丈のオ金をミンナ呑んでしまつた、郵便局に、手紙を入れて（タシカアナタの処へか？）其近所に一寸した、料理ヤがある、其の前ニ、東京の「バー」の様なものがある、之ニ這入つた処が、誰も居ない、呼んだら向うから女が出て来た、オ酒を呑んでると、女ハスーと、帰つてしまう、ナンテ無あいそな奴だろ、と、ムシヤクシヤする、又、呼んでキクト私ハ芸者ですから、イケマセン……仲居が今、来ます……ナニガ芸者ダイとなるワケですネ、芸者ダカ、芋掘りダカ、ワカラン恰好ヲシテ居ル、クセニ、オ酌ノ一杯モシナイナンカ、馬鹿ニシテヤガル、……ト云フ様ナ事ニナリマス、其家ハスグ出タノダガ、アトできくと、土庄町一番の料理ヤだそうで、笑はせますネ、ソコデ、芸者君（内ゲイシヤ）大ニ、威張ツタト云フワケ、……東京者ニハ、ワカリマセンヤネ……其ノ帰リニ又、一軒よる、其家ノ妻君（夫婦）が昔シ有名ナ芸者ダソヲデ（?）、ムカシ東京本郷、真砂町ニ、囲イ者トナツテ居タト云フワケ……ソンナ事ガ無暗トウレシクナルモンデ呵々……処ヱ、女髪結ガ来テ、カミヲ結フ、……コイツハワルイ者ガ来タ、……諸方ニ、シヤベリ散ラスナと思つたが果して、正にしかり……ダカラ、私ハ其ノ后、西光寺サンニハ、……アノ、ムシヤクシヤノ一時的ノ出来事ニツイテハ、大ニ、アヤマツテ了解ヲヱテアリマス……一二君ニハナンニモ云はん、スマシテ居タモノデス……キツト、誰かカラ聞イテ居ルト、高ヲ括ツテ居タカラ、……ソレカラ、西光寺ノ前ノ小サイ家デ呑ンデ、（之ハ、タシカ此店カラ西瓜を買ツテ、西光寺サンニ小僧サンのオミヤゲに持つて行かせましたと思ふ）……ソレカラ、仏崎、舟出（漁師の小供四人のせて）の一件、……以上ニテ種切レニ有之候　一寸、一二君ガ庵ニ来タ晩カラ、カケテ、翌日ト（其ばんハ庵ニ帰ツテ勿論寝タノデスヨ、決シテ誤解無キ様ニ）呑ミマシタ、……処ニ、西光寺サンノ、（私ガ全部話シテ、シマツタセイカ！）非常ナ、厚意ヲウケ、ソレ以来、……門外不出……種ハコレ切リ――一二氏ハ、ナント申シタカ知ランガ、全ク、コレキリ奇れいニ白状シテオキマス、……之デセイ〱シマシタ……どうか、御安心下さい、……コレカラハ反対の方の御心配をかけるかも知れませんよ呵々（形容枯槁ノ方で）……万事ハ今日の御手ガミの御言葉通リニヤツテ行きます』どぜうタベマシタカ、……北朗ハ一寸困ツタデセフ、私ハ、（ドゼフ）ガスキなんだが、……是非も無し」来月六、七日頃御帰洛ノ由、……僅かの間ですネ、」小豆島へん路ノ本が出来たら送つて下さいまつて居ます」島ノ夜ハ、此ノ頃、正ニ「半弦」の月、……よい気持です、おかげ〱』島ノ近所ノ人ガ、……「アナタハ朝カラ、机ノ前ニ座ツテ居ル計リ……ウマイ物ヲタベルデモ無シ、別嬪サンモ、奥サンモナシ、ナニガ楽ミデ生キテイマスノゾイ」トキカレル時ニハ弱リマス　自分デモ……ワケガ解ランノダカラ呵々……トント話シヲセンモンダカラ此ノ頃ハ「病人扱ヒニシテ」……「アナタハドツカ御悪イデセフ」トキクカラ「ヌヽヽ少々、弱ウ御座ンシテネ」……ハイヽ気持ナモンデセフ！呵々　結局、「病人」ニナツテル方ガ、ウルサクナクテヨイデスヨ、呵々、御笑ヒ下サイマセ、サヨナラ

◎俳句、多クテ済ミマセンガ、ドシ〳〵取捨シテ下サイマセ、タノミマス、ドシ〳〵作リマス

24　木村緑平　宛

大14・9・30

啓、横さまに書いたりなんかして不体裁を御許し下さい、何しろ、原稿紙が大きいんですから、呵々　御便り嬉しく、どうか之を御縁に、御通信を願ひます、マア、失礼ですが、私の例の、野人礼にならはずとか、なんとかですから、スキな、俳句の事から書きます、御句、どれも、ウマイもんですな、其の中で、

桜の葉が散るふところから捨てる

之ハ、星城子氏が庵ニ来られた時ニ、拝見して直ニ、（ウマイナー）と小生が申した句でした、星城氏ハ知つて居ります、

◎橋を渡る牛の尻くれきらぬ
◎虫鳴く夜の橋渡り切つて居た
◎下駄の緒がぬれてゐる朝の庭に下りる
此の三句ハ異議なしに、いたゞきます、殊ニ（下駄の緒）の句ハ、コレ迄度々、私の経験があつて（オ寺生活の書院の庭先キなどを掃きながら）遂ニ、「句」にする事が出来なかつたものなので、全く、ピタリと来ました
◎木の根にかゞんで居た自分であつた
之ですよ、非常ニ、突つ込んで来る何者かはあるのだが、何か、……何か、足らない者がある様な気がするのですが、何故でせうか、自分でも解らぬ、次第
○朝の湯に来て夢見た顔洗つてゐる
○下駄の歯もちて道いそいで居る
　此の二句ハ、只今の私には、ピタリと来ないですが、
○下駄の歯もつて道急いでゐる……之ハ、ナニカ知ら忘れられない、……逃げて行かうと思つても、ツイ〳〵、引ツ張られる様な気持がします、……不思議な「句」ですネ、

以上、勝手な事ばかり申しました、私ハナンデモ、云ひたい放題を申す男ですから
どうか其のおつもりでおつきあい願ひます　しかし、ウマイですネ、……どし〳〵
見せて下さいませんか、御願して置きます、
扨、「句」の事をサキに書いてしまつたらなんだか、御挨拶の言葉が、何を書いて
よいやら、一寸、わから無くなつた形ち　呵々……コレダカラ、放哉ハ困るです
よ……ムヅカシイ、御挨拶はぬきにして……山頭火氏ハ耕畝と改名したのですか
観音堂に居られるのですネ、……「山頭火」ときく方が私には、なつかしい気がす
る色々御事情がおありの事らしい、私ハよく知りませんが、自分の今日に引き比べ
て見て、御察しせざるを得ませんですよ、全く、人間といふ「奴」はイロ〳〵云ふ
に云はれん、コンガラガツタ、事情がくつ付いて来ましてネ、……イヤダ〳〵呵々
御面会の時ハよろしく申して下さい、又は手紙差上げてもよいと思いますけれ共思
ふに氏ハ、「音信不通」の下ニ生活されてるのではないかと云ふ懸念がありますか
ら、ソレデハかへつて困る事勿論故、ヤメて置きます　催眠薬といふ名con箋はよかつ
たですネ私が大ニ同情する事ハ、ネー…如何かと思いますけれ共呵々……しかし、
此頃、思ふ事ですが、……此頃、私ハ、徹底的な　簡易生活をやつて居りまして、

ソレハお話にもなりますまい……星城子氏が見て知つて居りますがネ、……それで思ふのですケレ共「二三本倒す位な「時」でなくては……といふ様な事を、考えさせられるのです「老ひたる哉」ですかな……

イツカ又、星城子サンに御逢ひの事が御座いませうから、其時、同君から、「私」の事は委しく、笑ひ話しに、きいて下さいませ　ソレデハ、今日ハ之で失礼致します、どうか御通信を忘れられぬ様に、……私は必、御便りします、何しろ、朝から一日中無言、独居、門外不出といふ、一人切りの生活ですから、忘れハしません、必、御便り申します、コノ二三日、雨ばかりで、殊にたれこめて居ます、……乞食坊主にたれこめても、無いもんだナド、申さぬ事、呵々、匆々　敬具

緑平さま　三十日　放哉生

25　荻原井泉水　宛

大14・10・2

井さま　二日　秀雄拝

啓、此手紙が、アナタが東京出発迄に間にあふかなと懸念しつゝ、書きます、……と

申すのは、只今西光寺の小僧サンが私を呼びにきまして早速行つて見ると、……西光寺サンハ昨日帰寺したといふ、座に井上氏あり、三人鼎座にて話す、……已ニ御両人の間には話出来てゐたと見ゆ、……結局、……南郷庵安住……芽出度しくと云ふワケ之で、愈結末がつきました……『ずいぶん』色々な経路を通つて来ましたが、……難有う御座います、食ひ分はヱンリヨせずと申してくれ、……只、毎月の「五円」ハ后援会でなく共、アナタの原稿の清書等があるから……ソレヲ、私に書かして支給するとの御はなしの由、……之は初耳で、……ドンナ物でもよ御座んす、お役に立つ事なら、書かして下さいませ、原稿紙に清書位は出来ませう……御願申します、」西光寺サンハ、作州に、出張所のやうなオ寺が出来て、ソコに行つて居られたのですが、旅行前ニ私の処ニ、手紙で、十円封じて来て、不足のものが有りましたら、之でおやりなさいと云ふ手紙……私ハ驚きました、……ソレデ、私の、かねての考え居る事を申し上げて、有りがたい事だけれ共、返して、しまいましたのです、立腹されん様に、よく、わかる様に申して置きました、……（之ハ、井上氏ニハ内密の事）……之ハ勿論私として、アタリ前の事ですが、一寸序ニ、私の心持の安定を申上旁々御報告して置きます、……其の代りにオ寺から、「ジヤガ芋」と、

「番茶」とを、もらひますよ呵々
今の放哉に、「安定」ダケあれバ、ナンのオ金が、たくさん入りませうか、……井上氏も、「アンタは、安定サヱスレバヂットして動かずに居る人だそうだから云々」と今日申し居り候、大分、ワカツテ来てくれたのかと存候、ツマリ之も、アナタが説明して下すつた、結果でせうよ』――之で終、
只今、オ寺から庵ニ帰つて、スグ此手紙をかきまして、御安心の結末を乞ふ次第であります、………………今日、井上氏が「其凡氏居句集」と云ふ印刷モノを見せました、其凡氏、京都支店長になられた由、栄転ですネ、アンマリ、攻撃せぬやうに申して下さい、呵々……どうせ新居を御尋ねするでせうから、……北朗氏ハ壺がウレテ喜ぶでせう、』
今日、コンナ句が出来て、一寸、嬉しかつたですが、どうでせう?
「追つかけて追い付いた風の中」
追つかけて来て、……として居たのですが、(来て)ヲ、トリマシタ、
一二氏曰、「井師ハ女中ヲヤトツテ居ラレルネ」
小生、「ウン私も知ラナンダガ、美人デセフ、シカシ、近日中ニ、国ニ帰ラナケレ

バナラヌノダソヲデスヨ」
一二氏、「ウ……」、
之レ以上、ドコの者とも、ナントモ話し進展せず、……実ハれうちやんニ小生ノ、サルマタを洗つてもらつた話しでも、キカセタカツタノダケレ共呵々　其外、層雲社経済改造問題ナド、少々話シテ居マシタガ、――コイツハ私ノ聞イテモ無能力者の事故、ソレッ切り、……兎ニ角、円満発展ヲ望ミマス、……（何部、売レバ、収支、ツクカラ定メ、十人位ノ者デ部数ヲ何部宛ト引キ受ケテ、ソレヲ、売ル事ハドウデセフナ（余ル分丈ケヲ）……押シ付ケルトカ、権威ガ無イトカ……之ハ別問題デスガネ之ハ一寸私ノ考ヱタ事デスガ）……之デ御礼〳〵此次ニ、ハ京都ニ……悠々タル手紙ヲ出シマスヨ。
ヨイ気持デスネ――今日ハオ月見……旧八月十五日、益ヨシ

敬具

26　荻原井泉水　宛

大14・10・27

啓、ドウモアノ松茸サン、ドウカシテヤシナイカナ、……今迄待ツテモ、ウントモスントモ申シテ来ヌノデ其ノ舟ノ人ノ家ニ（オン大将自身出馬）出カケテ見タラ曰ク……「モウ一枚ノ受取ガナイト　クレマセナンダ」……ソレナラ何故、其事ヲ早ク申シテ下サレバ、（コワレ物ヂヤアルマイシ）……昨日京都ニ、アノ（受取）ヲ送リ返サヌモノヲ、……ト思ツタガ致シ方ナシ……（アヽ、ソヲデスカ、御世話様デシタ）ト大ニ、オヂギシテ帰ツタワケ也……但シ、コウナツタラ男ノ意地也、ドウシテモ受取ツテ見セル（タトヱクサツテ居テモ、居ナクテモ、ソンナ事今更、問題ヂヤナイ　只、アンタノ送ツテクレタ松茸ヲ、私ノ目ノ前ニ、ナラベテ見タイ丈也……ソコデ昨日、手紙ニ入レテ送ツタ『小サイ記念ノ受取リ書』ヲ又、送リ返シテ下サイ、……少シモ早ク、オ願〱）

電報デハ、イケナイシ　呵々

而シ、今回ノ（松茸騒ギ）デ小生、大ニ考ヱサセラレルノデス　有リ難イ〱ト思ツテ居マス、……之ヲ、風水学ニトヱバ如何、……呵々、一二、大得意デ又、ワケノワカラヌ事ヲ云フデセフヨ、……但、一二氏ニハ少シモ、オ日ニカヽラズ。

全体、……「庵ニ安住」ガ、キマツテカラ……私ハ一ツノ帳面ヲ、コシラヱテ居マス、……其上ニハ、(念彼観音力)ト書イテ居リマス、……其ノ中ニハ、井上氏カラ、(イタヾク物)ト(西光寺サン)カラ(イタヾク物)トヲ書クワケデス……処ガ、其ノ帳面ガ、少シモ、キタナクナラナイ、「井上氏」ノ処ニハ……例ノハネテ、畳ノコゲル炭一俵(向フノ村ノ人ニ見セタラ、一俵、八十銭ダト云フ呵々、二円四五十銭迄、ヨイノハアル由申シ候……之ハ、最下等ノ炭ダト云ハレテ……サスガノ放哉、一寸赤イ顔ヲシマセンデシタヨ　呵々

ソノ(炭)(大俵デスヨ)ガ……八十銭ノ炭正ニ一俵、モラツタキリ。

「井上家ヨリ……十月五日……炭(大俵)一ツ、」之丈シカ、カイテアリマセン、アトハナンニモ、モラワヌ故ニ、訪問モシナイ、先方モ来ナイ　呵々　アンタカラ、モラツタオ金デ近所カラ、皆、買ツテ居マスヨ

此ノ「帳面」ガ、今少シ、「汚ナク」ナルトヨイノダガ……扨風水学ハ如何?呵々

○全体、「人ヲ助ケル」ト云フ事ハ……セメテ(250銭―80銭)ノ開キノアル

炭ノ中デ、パン〳〵ハネル炭ヲヤツタ方ガヨイデセフカ　如何？
オ米、一ツモ、ナンニモ、モライマセンヨ、私ハ威張ツタモンデス
西光寺サンノ方ニハ
「西光寺サンヨリ……十月三日。白砂糖、タキツケ、ラツキヨ、葱、ヂヤガ芋、」ト
書イテアリマス、コレモ、コレ以外ナンニモ無シ　奇レイナモンデス　但、コレニ
ハワケアリ　西光寺サン此間モ又　十円モツテ来テ、「妻」ハ知リマセンカラ之デ、
卵デモ買ツテ……
私ハ泣イテ、又、御カヱシ致シマシタ、処ガ……外カラ、「卵子」ヲウントモラウ
ト云フ有様（之ハ西光寺サンノ由）……今「私」（病気シテルモンデスカラ）……
コンナ事ハ又々、委シク、書キマスヨ
私モ人ニ、マケル事ガ、キライデ（ダメデスナ）……アンタカラモラウオ金デ、
皆、ヤツテマス……決シテ、放哉、井上氏ヤ、ナンカニ、頭ヲサゲテ、イロ〳〵、
「物」ヲ、モラツテルト思ツテ下サイマスナ　呵々ホントデスヨ。
○皆、人ハ、ウソツキ……自己本位バカリ……世ハ末デスナ、……私ネ、コンドノ
「松茸騒動」カラ……大ニ考ヱ　又、半年前ノ昔ノ放哉ニ帰ツテ、アナタ以外、ダ‖

レニモ文通セヌ様ニシヨウ、……ソヲシテ自分ヲ、考ヱテ見ヨウト、ツク〴〵思ツテ居マス、……イヤ、実ハソロ〳〵其ノ準備行動ヲ、ハヂメテ居ルノデスヨアナタダケ丈ニ、手紙ヲカキ、「ゴタク」ヲ書イテ、ソシテ、アトハ（念彼かんのん力）を、よんでる方が、ドノ位、安易ナ生活カ、……一体、「生活」ナンテ……「生活」モ、イヤニナリマシタヨ、……扨、大問題ノ、「受取書」、スグ又送リ返シテ下サイマセ、御願〳〵』ハヂメ、私ガ、コレハ入用ヂヤナイカ？「判」モイラヌカ？ト云フノヲ――イヤ此ノ「ハガキ」サイアレバ……之が、仲ノ一人ヲ介シタノガ私ノアヤマリ……私ガ、今日ノ如ク、最初カラ其ノ「舟ノ人ノ家」ニ行ケバヨカツタノダガ……ソレヲ知ラナンダ故、前ノ万事便利ナ男ニタノンダノガ　アヤマリ、ツマリ、私ガアヤマリ」、マツテマス、

サヨナラ

オソラク、御入洛ノ日ニ、コンナ手紙ガ、ツクダロ、スマヌナ、万事、アヤマリマス』

ソレカラ、又、同封スル物ダガ、此ハガキ消印ヲ見ルト「鳥取」トアル……鳥取ハ私ノ郷里ニシテ、而モ、鳥取県人ハ私ノ世界中デイヤナ人種也――ドウ云フモノカ

知ラン昔カラ、私ハ、反感アリ、ソレデ私ハ学生時代、夏ヤスミモ冬休ミモ、例ノ「伊東」、カラ（一番ヤスカツタカラ）「伊豆山」「湯河原」「熱海」等々、……アノ頃ハ「雉子」一羽三十銭　猪子ノ、肉ナド、フンダンニ「冬」ハタベマシタヨ……アノ辺ニ行ツテ居テ、殆ンド、「国」ニハ帰ラナイデシタ　ソレデ、自ラ、称エテ曰ク……（俺ハ東京生レダヨ）……私ハ「東京」ノ「デリケート」ノ処ガスキナノデス　イヤニ「ドコンヂヨウ丈、太イ」関西人ヨリモ………処ニ此ノ、「鳥取」ノ消印ノアル「ハガキ」……ムシヤクシヤスル

○第一、此頃ノ若イ人間ハ「礼儀」ヲ知ラヌ　此ノハガキヲ見ルト、「緑石」「百堂」「光石蕗」トアルラシイ、私ハ此ノ人間共カラ今迄一度モ、ハガキモ手紙モもらつた事無し……ソレニ突然、コンナ物ヲ出して、第一、先輩ニ対する「礼」ヲ知ラズ人ヲ、尊敬スル事ヲ知ラヌ奴ハ……盗人見タ様ナモノダ　俳句ヲ三ツ書イテ、トニカク他人ニ対スル最初ノ通信トスルノハ、ズイ分、人ヲ喰ツタ若イ奴等デス、コンナ礼儀ノナイ奴ハ小生大キライ也

此頃ネ、ソロ〳〵、通信ノ手ヲチヾメテ、居リマス

近イウチニ、アナタ一人ダケヲ「通信対手」ニ残ス事ニナルト思ツテ居マス、……

マア又書キマス　今日ハイロンナ事ヲ書キマシタ、……夜カラ、朝ニカケテ、アノ、層雲ノ「選句」ヲスマシテ、ガッカリシテ、――局カラ出シテ、「ヤレ〳〵」（書留デ）……処ニ、松茸サンノ此有様、変ナ、礼ヲ知ラヌハガキが来た　クシヤ〳〵シテ此ノ心持ヲアンタニ書イテオクリマス

サヨナラ

モ少シ書キマセフカ、……此間弥十郎氏ガ「一本ノ柱ニ、トナリとコチラと、モタレアツテル（之ハ「意味」デスヨ）ノヲ送ツタ処ガ……武二氏ヨリ（裸木氏??）内報あり　小生、十一月号、何句出ル由、……シカモ、――此ノ一本ノ柱ノ句、……先生ニ、トツテモラツテ、先生〳〵〳〵、ア、先生ナラコソ、先生ナラコソ、此ノ気持ヲ知ツテクレル……ト申して来ました、……アンタヲ「神様」ト思ツテル選者又カタイ哉……柱ヂヤナイケレ共……シカシ　私ガ、ナンカ平生、気ニナツテ居タ句ダツタガ、今迄マトマラナンダ　弥十郎氏ヲ多とす――アノ男、利口ですよ　井児とはチガウ　呵々――余史郎ハウマイが隠居……此君楼ハ脳ガ少シグラ〳〵スル男ラシイ、弥十郎、井児ヲモリタテ、大阪ヲ改正スル事デスナ、イロンナ事カケバ　ナンボデモアルガ之レデヤメマス　サヨナラ

井師侍史　二十七日　　　　　　尾崎生　敬具
大正十四年
（受取書タノミマス……）

27　尾崎秀美・並子　宛

大14・11月日付不明

御両人様
啓、写真、ツキマシタカ……笑つて下さいオカシイデセウ……此の短冊……私の絶筆と思つて下さい。全ク、イツ死ヌカワカリマセンカラ、送ります……コノ頃母ノ事ばかり思はれてなりません。母が呼んでるのかも知らん、早く死にたい。初ヤ菊ハヨイ時ニ死にましたネ……

『花』の時に呵々……

（私ハ勿論、廃嫡――お願します。行方不明にして――理由を）

私ネ、此ノ頃『俳句』が上手になつて、今一寸、先生という処……日本中、殆んど、俳句会員無き処無しといふ有様、……私ハ『法科』ヨリモ『文科』へ行つた方がよかつたかも知れぬ……人ニウソがつけぬ性分故……大分、オ弟子がありますよ。呵々……モウ一文モ、モライませぬ、御安心下さい、兄サンニモ厄介になりました。但し之が、前世の尾崎家の『業《ゴー》』ださうだから許して下さい……姉サンノ、ハレル腎臓病は、よろしう御座いますか?

只、毎日『仏』ニお経をあげて居ります。そして、そのオ仏だんニハ……(真言宗デスガ)(お仲、初子、菊江)と書いた紙が、ハリ付けてあります。……戒名を忘れたものだから、俗名で……毎日、朝ばんお経あげて居ます。……そのオ経が又禅宗ノオ経ダカラ面白イデセウ……マルデ、八宗兼学也、呵々

私モ、ヨイかげんで、早く死なせてもらひたし、私ノ短冊ノ『号』ノ放哉トハ……ナンニモ放ツテシマツテ、今ハ、カラダ一ツデ居ルワイ(哉)『タツタ一人デ、ナンニモ無イ』ト云フ処ニ有之候。

オ大切ニ、御二人ともなさいませ

コレカラハ天下の、俳句の先生デスカラ、オ金、一文モ要求シマセンヨ、呵々

但、人がキイタラ……アンナ馬鹿モノハ、ドコニ居ルカ知ラヌト申シテオイテ下サイ、呵々

『短冊』ハ此間アル人カラ、タノマレテ、書イタ残リ一枚ニカキマス（九州ノ人）
『秋風ニ吹カレ居ルワレニ母ナシ』　放哉
米子の河村（本）緑石（農学校ノ先生ヂヤナイカナ）
第二中学校教師、中原光石蕗
智頭宿　重村百堂（印刷ヤ？　雑誌モオコシマス）
コンナ人間が――（鳥取県デハ）私ヲ先生々々ト云ツテ来マスガ、知ツテマスカ
？　見タコトモ無イ男デスガ……

28　島丁哉　宛

大14・12・2

啓、扨御質問ノ件……一寸手紙デハ私ノ考ガ諸君ニ徹底シナイ処ガアルダロト思イマスケレ共、膝組シテ、オ互ニ話シアウワケニハ今ノ処行カズ　遺憾千万ダケレ共、マア筆ヲトツテ見マス、最初ニ、御承知置キ願ヒタイ事二ツ三ツ書キマス
(一)此ノ信念ハ、放哉一人ノ考デアツテ、他ノ人トハ異フカモ知レマセンカラ、……
乞御承知

(二)私ハ、アナタ方ノ、「個性」ヲ延バス事ヲ尊重スル点ニ於テ、主観句カラ這入ツテコラレ様トモ、又客観句カラ、ハ入ツテ来ラレ様トモ、ドチラデモカマイマセン、何故ナラバ……私ニハ、客観ノ句デモ、主観ノ句デモ同様ニ其ノ人ノ個性ガ、ヨク、解ルカラデス　デスカラ、ドチラデモ同ジ事、同様ニ尊重シテ居リマス……デスカラ、主観句デモ客観句デモ、ドチラナリ共、御勝手次第デス……余だんデスガ、所謂、客観句ニ個性ノ出方ガ少ナイ（主観句ヨリモ）ト思ツテ居ラレルノハ、私ニハマチガヒト思イマス　ドチラノ句デモ「個性」ハハッキリ出テ来ルモノデス、

……以上二ツ、乞御承知、……

扨、話シガ、余リ、関係ノ無イ（放哉ノ寝言）ト思フカモ知レマセヌガ……実ハ此ノ点ハ、俳句以外ニ、少々読ンダリ、聞イタリシタ事ガアリマシテ、今日、遂ニ、コウ云フ信念ヲ持ツテ居ルノデアリマス……

アル老僧ガ、一師匠ノ処ヲ尋ネタトキ、其ノ師匠ガ「仏心如何」ト質問シマシタ、……老僧之ニ答ヱテ「光風霽月」ト申シマシタラ……其師匠ガ……（キサマヨイ年ヲシテ、ソレデ悟モ何モアルカ、クソダワケ）ト申シマシタ……其后、再、此老僧ガ……此ノ師匠ヲタヅネテ、コンドハ、コチラカラ……質問シテ「仏心如何」トキ

イタラ、其師匠直ニ答ヱテ、「光風霽月」ト申シマシタ、……即チ同ジ言葉デアリマス、ソコデ此老僧ガ、悟入シタト云フ事デス……之ハオ話シ

△同ジ智慧ト申シマシテモ、仏ノ智慧ト、人間ノ智慧トハチガイマス

△同ジ慈悲ト申シマシテモ、仏ノ慈悲心ト人間ノ慈悲心トハチガイマス

△同ジク、差別界ト申シマシテモ……一度、無差別界ヲ通過シテ来タ差別界トハ大ニチガイマス

放哉ハ俳句ハ詩ト同時ニ宗教也ト申シテ居リマス（星城子君ニモ常ニ申シマスコト）於茲、非常ニ苦心スルノデアリマス、……何故ト申スニ、自分ノ人格ノ向上ニ連レテ私ノ句ガ進歩スルヨリ外ニハ私ニハ、途ガナイノデアリマスカラ自己ノ修養ニツトメナケレバナリマセン、……ソコデ句作ハ私ニハ、大問題トナッテ居ルノデアリマス

△「愛」ト申シマシテモ、自分ノカヽハ人ノカヽヨリ可愛ク、自分ノ子ハ人ノ子より、可愛イヽ、之ガ人間ノ「愛」デアリマス、処ガ、仏ノ「愛」ハソンナモンデハアリマセン、……同ジク愛ト申シテモ天地ノ差デス……吾々人間ガ、ソコ迄行ク事ハ到底、不可能トハ思イマスケレ共……只、努力修養シテ居ル次第デ

アリマス、
ソウシナケレバ、「句」ガ進マナイノデスカラ
△一トロニ、「主観」トカ「個性」トカ申シマスガ小供ノ（我ガ儘モ）主観ニチガイナイシ、又個性ニチガイナシ　ソレヲ尊重スルノハヨイガ……ソレニ淫シテシマウト、小供ハ、死ヌデセフ、又、不良少年ニナルデセフ、コヲ云フト、私ノ（主観）ハ大変ムツカシイ様ダガ、吾人ハ不用意ノウチニ知ラズニ其ノ主観ヲツカンデ居マスヨ……アンタモ此事ハオワカリダ　ト思フガ
勿論、主観（或ハ個性ハ）ハ大切ダケレ共、ソレヲ錬ツテ〳〵、大自然ノ大客観ノ「穴」ノ中ヲ押シ出シ〳〵テ来テ、大自然ト一致シタ主観……ソヲ云フ意味ノ主観也、個性也デ、私ハ「句」ニ精進シテ行キタイト思フノデアリマス
勿論「放哉」ハ、ホンノ其ノ道程ニ有ルモノデアリマスガ、乍失礼、諸君ノ句ヲ拝見スルト、主観〳〵又ハ個性〳〵ト云ハレルガ……ソレガ皆、……（我が儘）デアリ、（一人ヨガリ）デアリ（自己陶酔）デアリ　修錬サレタ、又、レフアインサレタ主観デ無イト思ヱルノデアリマス……ソコデ（コンナ主観や個性ナラ西ノ海ニサラリ）と云フワケニ候、

デスカラ常ニ私ハ……各方面ニ於テ自己ヲ、タンレンして行ケバ……句ハ自然、
人格ニツレテ、アガルト申シテ、オルワケニ候
但、トテモ、ムヅカシイ事ナンデスカラ死ヌ迄ノ努力ト思ツテ、放哉ハ研究精進
シテオルノデアリマス、
△此ノ誤マレル……安価ナ、「主観」デ……只、自分ノ思ツタ儘ヲ、他ニ一向、オ
カマイ無く――ヤツテマスト必、之ガ、「自己陶酔」ト云フ奴ニナリマシテ、……
マア（自分ノ家ノ中デハ亭主関白ノ位）トナリ、他人ノ選句ナンカ、ウケタクナ
イと云ふ、所謂野狐禅ニオチルモノデアリマス、（ヲコル勿レ〳〵呵々）私ハ「俳
道」ハソンナ「ケツノ穴」見タイナモノデ無イト自信シテ居リマス、
コンナ事、書キ出シテキタラ、全ク、十枚カイテモ二十枚カイテモキリが有りま
せん……話シアツテモ、――ムヅカシイ問題ナンデスカラ、
アンタノ書イテ来マシタ、三句ノ例デモ……
△白粉ベタ〳〵ぬつた看ゴフ叱つてゐる
一体、何故、白粉ツケタ、かんごフヲ叱ルノデスカ、……叱ラナイデモ、ヨイ
ヂヤナイデスカ、……ソコガ人間ノ小サイ智慧トカ、分別トカ云フ奴デ……患

者ニ対シ、デレ〱シテ居ル様デ面白クナイトカ、……不真面目ダト云フノデ叱ルデセフ……其ノ人間ノ（小細工）ヲ出シタラ……（句ハメチヤ〱ニ候、コンナ、主観ハ（或ハ、アンタの云フ客観？……私ニハドチラでもよし）……クサクテダメ也ト申スワケ也

△目ノ玉ぬいてやつて一ぷくしてゐる

之ハアンタハ自己ガ非常ニ出テルト云フケレ共、出テ居テ大ニケツ構……コンナ主観ナラ大結構也　医者ガ、（目ノ玉）ヲヌイテヤツテ、ヤレ〱と夕バコ吸ツテル　只、コレ丈デ……一方ニハ目ヲヌイテヤツタ人間アリ一方ニハ目ノ玉（人間ノ一番大切ナ）ヲヌカレタ人間アリ……（面白イ、悲哀ノコントラスト）ユーモアぢやありませんか、……ドコニコノ人間ノツマラヌ「小細工」ガ出テマスカ、ナンニモアリマセン……只、大自然ノ事実ノミ

△水たまりひろい行く灯の家マデ

アンタハ（自己ガ表ハレタ主かん句）ト見ル……（ひろい行く）トノ御言葉デスガ……ソレデヨイヂヤありませんか、（自己ガ、如何ニ、濃厚ニ表ハレテ居テモ……ソコニ大自然ト一致シタ、大主観ガ、アレバヨイヂヤありませんか、）

……ひろい行くニドコニ小サイ、クサイ我まゝノ自己がアリマスカ?草リがヌレヌ様ニ、灯ノ光リニ従ツテ、水たまりヲトンデ行ツタ、主カンダロが客かんダロが、……私ニハカマワヌのです

△鶏小舎、浮いた釘打コミ廻る

鶏小舎ガ、釘ガ、ユルクナツタカ、ヌケタカシテ浮いた様ニナツタカラ、釘ヲ打コンデマワツタ、

結構デハアリマセンカ……ドコニクサイ小主観がありますか?イクラ書イテ居テモ、切リガナイカラ、之デヤメマス、

ア丶クタビレタ呵々

只、乞御返事ノ事左ニ……

(一)以上丈デ……何ヲ私ガ申シテルノカ、オワカリニナリマスマイカ?? 不徹底デスカ?

(二)アナタ方、「主観」デモ「客かん」デモ、ナンデモ勝手ニオヤリ下サイ……放哉

少シモ、カマワヌ、只、目下ノ放哉トシテ、アンタ方ヨリ、一日ノ長アルタメ、アンタ方ノドンナ句ヲ見テモクサイ主観ニ止マッテ居ラレルカ、又ハソレカラ一歩出タ『句』デ有ルカ、ガ、一目見レバ解リマスノデ……此点、選者ヲ信頼シテモラヌマスマイカ、如何デセフカ?』??以上(如何ニ初心ノ人デモ、クサクナイ主観句ヲ作ルモノデスヨ、(所謂、大自然ト其ノ時ニ於テハ一致シテルデスナ、コワイモンデスヨ)

(要、聴講料)呵々

只、少々、中ニ、ワル口がありますからオコラヌ様ニ〱「北朗帰りました

丁翁足下――12/2 放生

29 浜口弥十郎 宛

大14・12・14

啓。御恩送ノ新ぶんノ中ニ、「長い手紙ヲカク」、ナンカ書イテアルモンダカラ、マッテ〱ゐると、ヤハリ来ない、又、ダマサレタカナ、オヤ〱呵々、ソレデ、

私カラ、長文ヲカキマス。

井児君カ、亨君ガ、放哉大ニ元気なしと云ふからマケヌ気ニなつて長文ヲカキマス。一ツ此君楼氏ノ句ヲ批評シテ見マセウ、放哉ノ正直ノ意見ヲネ、呵々。

放哉決して此君楼氏ヲ、ケナスワケでは無いが、アノ短詩形、決して、めづらしい程のモノで無く、吾々ノ行く道ニハ、イロ〳〵な景色があるのでせうよ。

一体、「拈華微笑」ト云フ事ハ宗教ノ悟リであつて、「拈華微笑」を俳句と思はれては大変也、ソコニ「宗教」ト「詩」トノ相違ガアラウト申スモノ、吾人ノ詩ハ、アク迄……日用ノ言葉ニ即シ、吾々ノ美しい感情ニ即シ、ソシテ大自然ノ大慈悲心に即シタモノデナケラネバナラヌ……。

ダレニモ、ワカラナクテモヨイ「拈華微笑」ガ詩デアル、俳句デアルト申サレテハ、ソレハ大変、ソレナラ、今日ノ吾人ノ「俳句」モ「和歌」モ不必要……『絶対』ナンデスカラ……ソレコソ、マツ黒い点を一つ打つてオイテモ、俳句、又ハ、〇ヲ一ツ書イテオイテモ、俳句ナノデスカラ……之ハ大変デスナ、呵々。

況ヤ、其ノ「拈華微笑」ノ「華」ガ「蓮ノ花」デ無クテ「ボケノ花」カナンカデ有ツタラ一寸始末ニ困ル、……ソレデハ、マルデ問題ニナリマセンガ、呵々……之ハ決シテ悪口ニ非ズ……。

余史郎氏少シ、「暗夜ノ烏」ニオドカサレテは居ませんかな、呵々。

猶、此君楼氏ノ句ニハ一大欠点ガアル。ソレハ前述ノ吾人ノ俳句ニ、アク迄吾々ガ、日常用フル言葉ニ即シ、吾々ノ美シイ感情ニ即シ、又、大自然ノ大慈悲心ニ即シタモノデナケラネバナラナイト同時ニ、吾々ガ創作スルニモ腹カラ産ミ出スモノデナクテハナラナイ、故ニ、決シテ製作品ヤ加工品デアツテハナラヌ（井師ノ言ニモアル通リ）

シカルニ、此ノ最後ノ重大ナ点ガ、此君楼氏の句ニハ欠ケテ居マス、ナントナレバ、アノ短カイ言葉、又ハ一寸、ムヅカシイ言葉デ、詠ヒ出シテ来ルモノダカラ、其ノ俳句ノ中ニヨマレタ事実（又ハ内容）ハ左程、大シタ価値ノ無イモノヲ……短カイ言葉又ハムヅカシイ言葉デ打チ出シテ、ソレヲ読ム人ノ頭ヲ混乱セシメルノデス、ソシテ、其ノ混乱ヲ逆ニ利用シテ……其ノウタハレタ事実又ハ内容ガ……ナンダカ如何ニモ、深遠ナモノ、様ニ、又、偉大ナモノ、様ニ思ハセルノデス、……此ノ短カイ文字ヲ、逆ニ利用シテ、サ程ノモノデ無イ内容ヲ、スバラシク又、エライモノ、様ニ思ハセルトイフ事ハ、之正ニ一ノ「トリツク」です、細工品です。創作ヤ、腹カラ産ミ出シタモノデハ決シテナイ、丁度、和歌ノ枕言葉ト云フモノ、変態ト見テヨロシイ、イヤソレニチガヒ無シト思ヒマス。私ガ前ニ「拈華微笑」ノ「華」ガ「蓮ノ花」デナクテ、「ボケノ花」カ「菫ノ花」ダツタラ始末ニ困ルト申シタノハ茲デスヨ。故ニ之デハ全ク、製作品、細工品デアツテ、産ミ出シタ創作ヂヤナイ、木カラウレテ落チル果実ヲ、静ニ待ツテ居ルノデ無クシテ、トビ上ツテ無理ニモギ取ルモノデアリマス……勿論氏ノ短詩形ハゴク〳〵ムヅカシイモノナンデスカラ、此君楼氏モ、益コレカラ研究ヲツマレテ、創作ニナル様ニ、吾人モ又、研究シテ行クベキモノトハ思ヒマスガ、今、俄ニ、泡ヲ喰ツテ、ヤレ、ナントカ、カントカ、騒ギマハル程ノモノデハナイト信ジマス、（私ノ右ノ意見ニ対スル好例トシテ左ニ二ツ）

△一鉢の黄菊

△太陽漆黒の鳥を使せしむ

ヲアゲマス。私ノ批評ニ、当テハマツテハ居マセンカ、……中々、「拈華微笑」処ヂヤナイデセウ……但、私ハ、アク迄、此君楼氏ノ、ヨイ句ニハ感銘シテ居ル第一人者ナル事ヲ申添ヘテオキマス。

之ニ対シテ、アンタノ批評ヲ、是非乞フ、待ツテマスヨ、ウソヲ、ツカズニ、呵々。

○コレデハ放哉中々、弱ツテル処ヂヤナイ、大ニ元気ガアリマセウ、如何？　呵々。未ダ大ニ議論ヲ吐ケト申サルレバ、イクラデモヤリマスヨ、呵々。

十二月十四日　放生

弥十郎様

○阡陌氏ニ此手紙見セタラ、ナント申シマスカナ、呵々〱。

30　田中井児　宛

大14・12・21

井児さま　放生

啓、御礼状ニツケ加へてゴタ〱書いて、差出しました御覧下すつた事と思ひます、只今御手紙着、小生句、御批評一々甘受……殊ニ

△松山雪風をならしはじむ

之ハ全く、御察しの通り、北国と同様な私ノ小サイ時、日を送つた田舎の日本海に

面した雪国での連想ソレニ、此ノ島が、よく風が吹く……風が吹くハヂメははるかサキの山の松風がサーく〵となり出す、ソレと二つが重なつて、出来た句なのです……

私が小サイ時……未ダオバーサンが生きて居ました……（私ヲ非常ニ愛シてくれた、オバーサン）……其ノおバーサンの専有の炬燵ノ中ニスベリ込んで「オバーサン」からイロく〵昔し話し（童話ヲ）をきく……其ノ時裏山の松林がサーく〵と鳴り出します。

スルト、……おばあさんは（雪風が来たぜ）と申します……スルト此、一両日中ニハ雪がふるのです、之が……未だに、忘れずに居ます……余程、私ノ「感じ」がヨカツタモノト見ヱマス……そう云ふワケ……句として大したものぢやありますまいが、私ニハ夢のやうな……涙ぐましい、思い出が、次からく〵と雲の如く湧いて来て小サイ時の「平和」そのもの、様な色々な事ヲ思い出して全く一人で泣かされるのです……

今は四十にして妻ナク子ナク、家をなさず、乞食同様な焼米生活……矢張り人間デスネ……ツイ子供の時ニカヱルと矛盾が出来て、泣いてしまうのですよ呵々……御

笑ひ下さいサヨナラ

（御句同封……全ク（デリケート）で一寸手が入れかねます　私ノヤリ方デハホントデスヨ）

31　飯尾星城子　宛

大14・12・24

啓、昨ばんハ、八時迄起キテ居テ、トウ〳〵待チボヲケを喰ツテコソ〳〵烈風ノフトンにもぐり込み候、今日も亦烈風、ドウセ冬中ハコノ、ゴウ〳〵ヒユー〳〵ガタ〳〵ミシ〳〵だと云ふから、あきらめて居ますよ、今朝近藤次良サン句稿送ツテ来タ、実ニメキ〳〵とうまくなつて来て驚いて居ますよ。

△白波せきれいが来てゐる　△ナンカうまいもんぢやありませんか大ニ感心シテ居タト同君ニ伝言シテ下サイマセ、ヱライモンデスナ、「一寸シタ心ノ入レカヱ様デ」……「句」が、コンナニ、チガツテ来ルトハ、実ニオソロシイ様ナ気ガスル……俳道礼讃デスネ』今日ハ、アンタニイヤ実ハアンタノ奥サンニ大変ナソシテ馬鹿〳〵シイ且、恐レ入ツタ而シテキタナイ御願ガ有ルドウカキタナクともきいて下さい

「愚兄」ノ世話ヲシテヤルと思ツテネ呵々……扨其ノ来歴ヲ書キマス呵々、九月ノ末カ十月ノ始メダツタカ大分遠くなるので一寸忘レテ居マスガ私ガ最初島ニ来タトキハ、暑イ台湾ニ行ク気ダツタカラ、ソレ浴衣一枚着タキリデ、風呂しき包小サイノニ、二三冊本トお経文ヲ入レタノヲ持ツテル丈、処ガ此ノ庵ニ居ル事ニナリ、ソロ〱単衣デハ寒イ事ニナリ、井師ガ気ヲキカシテ、東京カラ袷ヤラ、シヤツヤラ、ジユバンヤラ其他色々送ツテ来テクレタ、大ニ喜んでソレヲ着テ居タ、……処ガ、アル「月」ノ無イマツ暗ナ晩デシタガ、郵便局ニ手紙ヲ入レニ行キ帰途……アンタハ知ツテ居ルカドウダカ知ラヌガ、「例」ノ道デ無クシテ郵便局カラ左ニトリ、郡役所ノ処ヲ左ニオレテ、小サイ、たんぼノ中一本道ヲ曲リ〱来ルト、アノ家ノゴタ〱シタ中ヲ通ラナイデ庵ノスグ傍ニ出ルノデスヨ、ソレヲナンノ気ナク帰リカケタものです、処が其ノ晩、前ノ石ヤノ大将ヤナンカト一杯、呑ンデ居タノデス、ソレデ、ヨイ気持デ少シハ（フラ〱シテ居タカモ知レヌ）、其ノマツ暗ナ小サイたんぼ道ヲモドツテ来ルト、マダ来テ間モナイノデ……此ノ道ヲアマリ歩キツケテ居ラン処ガ、玆ニ一大危険物ガ有ツタ、ソレハ、其ノ小サイ道ノ右側ニ沿ウテ約十間計リノ間大キナ、泥溝ガアル、之ハ、水ガタマツテ外ニハケないので昼でモ、ソ、コヲ通ルト、ク、、、サイのですソコに一尺位ナ幅ノタンボ道故、ヒヨロリとしたが最後、ドボン――……、ハマッタワケ也、イヤ其ノクサイ事〳〵……。

夜道故、人モ、誰モ見テ居ナイヲ幸、大急ギデ這イ上ツテ、庵ニ戻ツテ来テ、早速ナニモ、カモ、ヌイデ井師ノ送ツテクレタ残リノ衣類ヤシヤツ、ドレモコレモ皆引ツカケテ（幸マダソヲ寒イ時デナカツタノデ幸也）、ソレデ、済マシテ居タ、キタナイ、ヨゴレタ物ハ、空《カラ》ノ炭俵ノ中ニ皆押シ込ンデ、アノ土間ノ横ノ一寸アイテ居ル所ヘ突込ンデ置イタ……ソレデ忘レタリ、思イ出シタリナドシナガラ今日ニ至ツタガ……コヽガ「年《トシ》」デスネ……来年ノ四月ヤ五月ニナルト又、袷モ単衣モ無イノダ又、人様ニ御厄介ヲカケテハイカン、アノ汚ナイキモノハ全部捨テル気ダツタガ……勿体ナイ、イツソ、アレヲ奇れいニ洗ツテモラヱレバ来年四月頃ニナツテモ、他人様ニタノマナクトモヨイ……ト考ヱ付イタガ、扨、島ノ人ハ口ガウルサクテ、ソヲデ無クトモヨイ事悪イ事私ノ事ヲ評判シテルソヲダカラ（コンド来タ庵主ハ婆サンヤ爺サンニ少シモ、オアイソガ無イ、威張ツテル、ソシテ時々酒ヲ呑ムソヲナ、ソシテ、イツモ机ノ前デ、ヱラソヲナ顔付ヲシテルアレデハ、庵ニ遊ビニモ行ケナイ）ナンカ方々デ、悪口云ツテルソヲデス……百姓ハ実ニ困ツタモンデスナ……弁解スル程ノ事モナシ……コウ云フワケ故……此ノ泥ダラケノキモノヲ洗ツテモラフワケニ行カヌ（又何コソ、シヤベル、カモ知レヌノデ、呵々）庵ニハ、タライ処カ、何一ツ無イノダカラドウニモナラヌ……ソコデ……ナンデモ、カンデモ、持ツテ行ク処ハ、アンタノ処トキメテ居ルノダカラ……「小包」デ其汚ナイ儘ヲ送リマス……ソコデ奥サンニ……低頭へい身シテ放哉御願……ドウカ洗つて下さい（但、クサイデスヨ）、右、タノミマス……誠ニコイツニハ放哉、大ニテコヅリましたよ、呵々乞御察――、デハ、サヨナラ。

（近日中ニ小包ニシテ差出しますからドウカよろしく〳〵）、

星サマ　十二月二十四日　放哉

32　荻原井泉水　宛

大14・12・27

井師座下　二十七日昼　放哉生

今日ハ旧ノ十一月十一日、新ノ十二月廿六日ト云フ日……此ノ日　朝カラ妙ニ風呂ニハイリ度イ気持ガ出テ来タ、可笑シイ事ダナと思ふ、（或ハ新年が近イカラ、旧い習慣ガ、ソンナ気ヲ起サセタノカ）正ニ決シテ威張ルワケデモなんデモナイガ、這入リ度い気持が今迄ハ出テ来なんだノデスヨ、……ソレガ、今朝カラノ気持！正ニ四ケ月目ノ入浴也、午后三時頃カラ、ワクと云ふから其ノ時刻ヲ見計ツテ、……ソレ迄ニ、ボー〳〵と生へて居たアゴヒゲと口ヒゲとヲゴク短カクハサミデ刈ツテ、……頭モ大分、后頭部ハノビテ居ル様ダガ、……コレハ此儘として扨、銭湯ニ行く、早いから二三人シカ居らぬ、……湯銭参銭也全く、よい気持ニなつて……四ヶ月ブリのよい気持になつて（ヱライもんだ、手も足も、白くなりましたよ）帰庵しました　扨、其ノ銭湯で、姿見ニ、私ノカラダヲ久しぶりニウツシテ見テ　実ニ驚いたの、ナンノつて……マルデ骨と皮也（私ノ「顔」ハ昔カラ、病気シテ長ク寝テ居テモ、ヤセナイ顔ナンデス）之デハ、十貫目モアルマイ、（十四貫近クアツタノダガ）……痩セタリナ〳〵、コレデハ到底、コレカラ、肉体労動ハ出来ヌ、只コウシテ座つて掃き掃除位サセテモラツテ、早く死ぬ事〳〵と思い候、全く自分乍ラ、アキレ返る程ヤセタ〳〵、　驚き申候」十二日朝、土間デ火ヲオコシテ、居ルト、別紙ヲモツテ来タノガ、町ノ「ドラッグ」ノ主人郵便局デ私ガ俳句ヲヤル由ヲキヽ是非出セト云フ　懸賞ガ中々ヨイと云ふ……コンナ人間デモ同情ヲ得テオク為ニ出句シヨウカト思ツタガ、……入花料（壱円）ニ、「ギヤフン」として、ヤムナクコトワリしましたよ、……皆の同情ヲウル又カタイ哉ニ候、……コレ丈ケカキマス
○東京ノ新年ニハ帰ラレルデセフネ……イツ頃??（教ヱテ下サイ）
○四睡ノ古事ヲシヱテ下サイ、○北朗氏帰ツタノデスカ?

33　荻原井泉水　宛

大14・12・28

啓、茲一両日、無風シカモ時々小雨と云ふのですから……大ニ落付いてしまつて其ノ気持のよい事、……牢屋から出て来た様な全くです（風が無いと、決して酷寒ではないのですから……只此の「風」……此の「烈風」）、北朗……何シロ、「凄い風」なんですから定めし船が困つたらうと……只ソレ計り、処が其后一向タヨリ無く昨日京都ニハガキで聞いてやつたら今日行きちがいに手紙と「毒壺」とを送つて来てくれまして、マズ〳〵安心と云ふもの早速返事をかきました、其の返事の中ノ一ツニ書いた事を又、アンタ、続けて筆とります（肩がメキ〳〵コルノだけれ共落付いた、ヨイ気持にそゝのかされて筆とります）北朗の句どれを見ても一寸ほれさ

せられる様な気がします、上手になつたのでせうネ、短詩形の堂に入つたと申すワケでもありますまいが全く、ウマイなと思ふ句がありますな、嬉しい事です　アンタの句ノ中、「帽子もつて廻る落葉する」ハ……「オ庭拝見」と云ふ意味にとつて私に、ピタリと来た句でした。（或ハ場合が異つてたら御めん下さい）今夜アンタニ訴へて見たいと思つたのは「旅人の悲哀」と云ふ事であります「ストレンヂヤーの悲哀」……島崎藤村ガ「本」ダツタカ？　雑誌だつたか、自分ガ（フランス）ニ居タ時の、「ストレンヂヤーの悲哀」を書いて居たのをよんで涙無き能はずでアリマシタ、而も、此ノ時の「悲哀」ハ私がコレカラ書く様な、「悪《ア》くどい」ものでは無かつたとオボヱテ居ります　ソレハ、此島ノ土着ノ住民（何代モ何代モ住ンデル）ニ関してゞあります、之レ等「土着民」ハ他国から移住して来て此島デ生活スル人々を常ニ「異端者扱ひ」にします、そして常ニ、「ウノ目タカノ目」で其ノ人々ノ行動ヲ見テ居テ、一寸シタ事があると、直ニ之を同人土着者間ニフレ廻りて悪口を申します、故ニ他国から移住した連中ハ常ニ小サクなつて居なければバナリマセン、……自分ノ生レタ（土）……郷里ヲ見捨てゝ他国デ生活スルト云フ事ハ已ニ其ノ間、何等かの悲シイ「歴史」ガ有ルニ相違ありません……此ノアハレナ旅人……ストレンヂヤーを彼等土着民ハ、同情ヲ以テ見ズシテ、カエッテ機会アレバ、之レヲハ、ネ出し追イ出サントシテ常ニ「異端者」トシテ注意ヲ怠ラナイ……トハ何ト云フ（ケツの穴ノ小サイ）……日本人ノクセデセフガ特ニ小サイ島ノ住人トシテ、益々「穴」モ小サイ……トテモ「度」ス可カラズ、コンナ連中ガオ大師サン信心モ何モアツタモンデスカ、……全くアキレ返ルトハ此事ニ候、気ノ毒ナ旅人ニハ、コチラから進んで同情シテ、仲よく暮して行くのが「人間ノ道」ぢやありませんか　ソレガ全く正反対……ソシテ其ノ旅人ノ行動ヲシラベル係リハ多ク、用事ノ無イ、（死ヌヨリ外ニハ）婆サン爺サンガ引ウケル　ソシテ、有ル事無イ事シラベテ来テハ手柄顔ニ話ス、コレニ之と若い男女（主ニ女）ガ声援スル。（ストレンヂヤー）ハ小サクナラザルヲ得ンヂヤ有リマセンカ？……私モ、漸ク此頃私ノ味方ニナツタ婆サン爺サン其他、西光寺サン等カラ、キヽ出シタ事デスガ、私ガ此ノ庵ニ来ルトスグカラ御多分ニ洩レズ「ストレンヂヤー」としての調査ガ始マッタソヲデス——其ノ中面白イノヲ二三申シマセフカ、△坊主ダソヲナ、△イヤ、俗人ダ　△「カギ文」ノ嫁サンの兄キダ……コレナンカ秀逸　△西光寺サンノ兄サンダ……之モ秀逸、△高松ノ人ダ　△岡山ノ何郡から来テ居ル　△俳句ヲヤル人ダ　△酒呑ミダ　△アレハナントカ云フ処ノ役者デアッタ……旅役者ハ秀逸也　△平民ダ、△士族ダ（此ノ族籍ハ直接私ニキカレタ爺サンガアッテ驚入リ由候）　△十万円モアル財産家ノムスコデ病気デ来テイルノダソーナ、大ニ秀逸也　△女房モ児モアルソヲナ、△オ経ハ少シモ、ヨメヌそうな、△イヤ、オ経ハ長イ事習ツタ人ダソヲナ　△此頃見タ様ニ、一日ニオ遍路サンノサイセンが二銭カ三銭位カ上ラヌノデ、ドウシテタベトルダロ、△アンマリ肴ヲウリニ行ツテモ、トント買ハナイ……一体何ヲ喰ツテルダロ、△町ニ少シモ出テ来ヌガ病人ダロウ……　△オ米ガ、（カギ文）カラ送ツテ来テ、（オ金）ハ西光寺サンカラ出ルソヲナ、（アル婆サンノ如キハ西光寺サンニ行ツテ、南ゴーあんノ人ニウツタ物ノオ金ハオ寺デ払ヒマスカ、ドウデスカ?と突ッ込ミニ行キシ由也……「旅人」故、「夜逃」ヲサレテハ困ルト思ヒシ由也　こんな事カキ出シタラ、キリがありませんからヤメマス……コンナ事最近キヽ出シタ事実ニ候、……ナント云フオセツ介ナ、オ世話様ナ事デセフカ、……ア、イヤダ〳〵全く、（ストレンヂヤー）ノ悲あいですな…………
○此ノ（冬ノ夜話）ハ近頃カラ私ノ唯一無二ノ味方トナツタ（但、オ金モ少々ヤルノデスヨ、「孫」ニ菓子ヲカツタリネ呵々）アル婆サンガ何シロ、アンタも（旅の人）ダカラ、（悪口）云ハレテモ、カマワズ、がまんナサイマセ）ト申シタ其ノ（旅の人）ト云フ事ガ、異様ニ聞ヱタノデ、ソレカラ、ソレ、と聞キ出シテ、コレ丈ノ材料ヲヱタワケデスヨ呵々

アンタ方ノ処ニモッテ行クヨリ外ニハ、島デハ誰一人として心カラ此ノ、アハレナ旅人ニ同情シテクレルモノハ無いのだ……涙無き能はずデス（西光寺サンノヤフな人ヲ得テ私ハ放哉ツクぐ〵有りがたい事だと思つてゐますよ）……コンナ土着民連ヲ一度、支那カ満州アタリニ追ひヤッテ世界ハヒロイ事。他人《ヒト》には、心から同情セナケレバナラナイ事ヲ骨迄沁ミコマセル必要ハナイデセフカ??（昔シノ信州姥捨山ノ話シハ全く、社会的安寧の必要から生じた尊い事実デアルカモ知レマセンネ、（ソレニしても早く水ばなタラシテ、「皺」ダラケニナツテ強情ニナッテ只、人ノ悪口ヲ云ツテ歩くノガ商売ニナラナイ内ニ死ンデシマイタイモノニ候）日本人ト云フ奴、何故、「オ金ノ計算ばかり」かしこくて、ケツの穴が、コウ小サイデセフネ、殊ニ〳〵島ノ土着民よ　△（旅人の悲哀）終り……ホントニアキレ返りますネ

（〇イツ東京ニオカヱリデスカ？　サヨナラ　敬具）

二十八日夜　放生

井師座下

34　荻原井泉水　宛

大15・1・3

啓、今日、三日、不相変、烈風ノ中ニチヾかんで居ります、処へ、(一月分)(春秋)着御礼〱。困つたはなし(俳春ノ)ハホントに困つた呵々〱　銀座の人通りの話し……エライ人ですな　ソヲ聞いた丈でもナンダカ、なつかしい……銀座なんテ、モウ放哉見る事もあるまい、殊ニ、アンタが、それ等の人々を見ての……大きな(バツケージ)ヲさげてゐるメイ〱の……人妻の……(そして、一寸淋しいな)ノ処を読んだ時、放哉坊主……一寸、眼ノウラが熱くなり候石ケンも何も、マダあります……何しロ、コレ迄一寸も風呂に行かなんだのだから……ヘリマセンヨ呵々　全く東京ハ落付きますまい、五日ニ帰洛ですか、京都で、ゆつくり上遊。私ノ手紙ヤハガキ京と宛ニ出シタリ、東京宛ニ出シタリシタガ皆、アンタノ手には入つたか知らん、……大した用事でハナイガ其時々の私ノ心持をよんでもらいたい丈、又、面白イ「雑誌」ヲ送つてもらいたかつたりして……(北朗氏ニモ私ノ京都ノ手紙ヲ東京ニ送つてくれとタノンダガ　イケナカツタカナ五日ニ帰ラレルトスルト?）
井師足下　三日　放生（此手紙京トニ出シマス）

△元日ニ、一二氏処ヨリ、（オ餅）（豆ヤ（カヅノコ）ヲモライ、ホク〳〵致候、（一茶）ノ、（梅咲くかあはれ今年も、もらい餅）？

〔島ノ新春ハ只々私一人切リノ様ナモノ　ソシテ烈風ノ中ニチヾカンデマス　此頃、（芋粥）ヲ専ラタベマス〕

35　杉本玄々子　宛

大15・1・8

啓、御寒う御座います、不相変御無沙汰致して居ります　此間は、「掃除」の事で御注意をうけまして誠ニ恐縮千万、深く〳〵陳謝致します、実ハ弁解がましう御座いますが　木下サンの咳の薬りが「チット」もき丶ませぬ三度程薬を変えられましたが一日位一寸キクがすぐ、ダメになります、……薬代も、嵩みますので中途三度程服薬を、中止しましたが　又、ヒドクなるので又、呑んで見る……が少しもキカヌ……処ではない……夜寝ると、「咳」き出します　ソレガ実ニ、ハゲシイので腹の中、胃腸をもみにもむと見えまして「咳」くと同時ニ、「吐」き出します　そして、夜、一目も寝られません、ソノ為、「腹」がスッカリ弱り切り、……朝、早くから目はあいて居ても、オキル元気がありません、オキてもスグ、たほれそうになり又、フトンにはいると云ふ有様、目下、スッカリ、弱リヌイテ居ります　ソヲ云ふワケデ、「掃除」も、私ハ大ニスキで、これ迄ヤッテ来たのですが……ソレをやる勇気がないのであります　ソレデ、ウラのお婆サンが、山や畑に行かない時、折々タノンで火を、おこしてもらつたり、「掃除」してもらうのですが、思ふ様に行きません……でとう〳〵此間の、御注意をウケル事になりました、何卒今暫く、此カラダ達者ニナル迄偏ニ御許しを乞ひます

　ソレデ、「咳」の方ハ木下氏ニハスッカリ、あきれましたので、断然、ヤメテ、私ノ考デ、此ノ頃、ノドに、シップをして見たのです、処が之が、薬よりも大分、キヽメが有る様に思いますので、之ヲ、ツヾケテ見る考で居ります（糸瓜の水五合モラッテ来て呑みましたがダメです）

扨、……先日のオ大師ハ二十日ハ旧念仏連五十人余も見へ、二十一日ハ新念仏連其他四十人位も見へ、にぎやかな事でした、……其ノ前ニ、……此の近所のオバーサン連の話し合だとて、私の処に相だんヲ持ち込みました、ソレハ……先の庵主ハオ夜食（豆めし位）ヲ出シテ、十銭二十銭位もらつたとか、ソレデナケレバ、せんべ出すとか……私ハ一向寝耳ニ水デスカラ、……一度西光寺サンニ相談に行ツテクレ、ヤル可キモノナラ、ヤラネバナラヌト申せし処果して、ソンナ事御承知無し、処デ……私ニフダンオバーサン連ニオ世辞ガマズイと云ふ弱味があるものですから呵々、……とう〳〵二十日と二十一日とに一円宛のセンベを、おごらされました、そして二十日の夕の時ハ、此連中ノ中ニハ（酒ズキ）ガアルカラ酒ヲ出シタ方ガヨイと云フ又、……内命ガ私ニ下リマシテ、……御尤〳〵と、酒一升、……人間ハ弱いものであります……マア而し、ニギヤカニ無事にすみまして結構な事でありました、ソレカラ、タクサン御集りでしたから、一寸アイサツして置く方ヨカロと思いまして、『私ハ甚、オ世辞が下手クソでありまして、イツモ此ノ机デ、ダマツテ居ルノデ……色々とアナタ方のゴキゲンをソコネル様ナ事ガアリマセフガ実ハ私ハ東京ノ者デ、大地震ノ年后、京都ニ行キマシテ三年間、オ寺で暮シマシタ、処ガ、西光寺の御ヂ

ユッサンとは、古い〳〵おともだちでありまして、此庵が、アキましたので、入れていたゞきました、何しろ、無一文の私　全く、西光寺サンの御かげで無事ニ、其の日を暮させて行つております、扨京都ノ三年間オ経は習つたか存じませんが、オ世辞ヲ一向習ひませんでしたので相済まぬ事であります、只今申上た通り決して怪しいものでもなくツキ合ツテ下されバ悪い人間でも決してありません　且、此ノ「庵」は何時デモ、アナタ方の倶楽部として、常に奇れいにして置きますから、イツ〳〵なり共御遊びに御出下さる事を御願いたしておきます』……と云ふ意味の事を申述べて置きました次第であります……新年来、カラダは、疲労の極ニ達して居りまするし、殊ニ、此間カラ如上のやうニ、ゴタ〳〵してまして、一向ニ句作ニ向へません……之が一番残念にたへません、明日頃から是非、如何ニ疲労してゐても、寝て居ても精進したいと思つてゐます……

此間の御報告と、御無沙汰御わび旁々

匆々頓首

八日　放哉生

玄々子様

36 沢田亨 宛

大15・1・20

啓、京都の句会へ御出席だつたそうですな、井児さんから、委しい、模様を知らして、いたゞいて放哉喜んでよみました。アンタの句の中で井師の選の「新らしい半鐘がたつた村から兵隊に行く」……よりも、放哉は、むしろ、其の予選の中の「ゆうべ凍てし畑の青葉をかゝへ」をいたゞきたいと思ふ、否、ソレヨリモ寧ろ私は、「沈丁花の蕾を見てゐる」を圧巻と申したし……私は近来、こふ云ふ……傾向と云ふか「心持」と云ふか……に、非常に心を惹かれるのであります。

井児さんのでは、第一に「大霜の牛来る」……其の次に「葦つみ葦を出る舟」をいたゞきます。

今夜、アンタといつしよに井児さんに、一本、手紙を出しました、オ序によんで下さい、ツマリ以下に、書く事丈ですけれども、ソレハネ……今日、一月二十日は放哉の誕生日なんですよ、それを放浪の旅四年後の今日、フト思ひ出しました、そして……一ケ三銭五厘の油揚二枚買つて来て「油揚めし」を作り、之に「茄子」の味そ漬（ウラの婆さんからのモライもの）と、（ラツキヨ）（梅干）……大ご馳走也、……妻が、居る時は、「尾頭付キ」で、赤めしで一杯やつたもんだが、と思はざるに非ず呵々、只一人でコサエて一人でダマツテムシヤ〳〵たべて、ソシテ一人でガチヤ〳〵茶わんを洗つて、ソレデ烈風中の誕生日……お終ひ……これでも正に放哉の誕生日には相違ありません呵々、馬鹿〳〵しい様な、淋しいやふな、なさけないやふな、……一人ポカンとして之でお終ひ、只今、八時頃でせう？　何しろ烈風、寒風、トテモ、タマラヌので布とんの中にモグリ込まうと思つてゐます……

今晩はランプで書いてゐますよ（電灯が消えますのでね）ランプはよいですな、殊に、誕生日の「ランプ」よ、呵々、

一枚の舌を出して医者に見せる

朝の姿見からはなれる

淋しや壁はつてゐる

山から子供あづかつてきた

墓原小サイ児が居る夕陽

右近什……井児さんとオ二人で、批評して下さいませんか？　まつてます、

亨　様　　二十日夜　　放生

37　荻原井泉水　宛

大15・1・31

啓、御手紙御礼（二月分封入難有受領仕候）今日ハ一月三十一日、放哉謹んで御尊母のためニ真心より一灯をさゝげて読経仕候次第に有之候
△所謂、ビジネスの件、えらい御働きで御座んしたな。
△伊豆の温泉！　羨ましいですな……伊豆山？　伊東？修ぜん寺？……イツゾヤ……伊豆山から、長文の手紙を差上げた事がありましたツケ、そして其の御返事の中にたしか、……神奈川辺の、農学校にアンタが入学しかけたら、文学士なるが故にといふ名目で、入学不許可となつた話しをきいたのを、覚えて居りますよ、
△アノ三階の家を全部借りられるのですか、ソレハ広くてよいですな、そして三階は、さぞ眺望がよいでせうな！　行つて見たいな！　但、アンタお一人（れうチヤンが居るとしても）では、三階から下迄全部では、チト又、広すぎはしませんか、但、広いにこした事はないのですけれ共。

△雑誌。。……ナンでもよいから送つて下サイ

△扨、折角、東京から、温泉から帰つて、のび〳〵として居られる処ニ又、コンナ厄介な手紙を持ち込む事其の罪、誠に深しと思ひますけれ共、不得止、申上げますから、御き丶とり下さいませ　ツマリ私ノ（病気）ノ事であります……別ニ大体ニ於てはカクシテ居たワケではありませんが、ナル可く簡単ニかきます

△昨年九月初旬来……寒冒……医者ニカ丶ル事ハ知ツテ居レ共、オ金がナイ故ホッテ置く……売薬デモイカン旅人君ニ（薬）ヲ送ツテモラツテ呑メ共、診察セヌ事故、之又、ハカ〴〵シク無シ　ダン〳〵コヂレテ来ル、「咳」はげしくナル、痰出ルヤケ酒ノ荒療治ヲヤリタレ共、キカヌ（之レガ、先年一二君ナドニ物議ヲ、オコサセシ……根本原因ニ候、実は荒療治デナホス気ナリシ）……愈々……降参シテ、西光寺サンニ行キ、氏ノ世話ニテ木下医師ニカ丶リ、其后、服薬ヲツヾケル……之ガ又、ハカ〴〵シク、キカヌ「咳」ガ止マラヌ……（薬代）ハフエルシ、（薬）ハキカヌので、……イヤニナリ今日迄ニ中途二三回、（薬）ヲ呑マズニ居リシ事アリシモ、又、ヤリキレ無クナリテ……服薬ヲハヂメルと云ふワケ……北朗来庵ノトキハヤケデ（薬）ヲヤメテ酒ヲ呑ンデ居タトキ也（不時ノ収入デ）処ガ、北朗帰ル一

両日前ニ、如何ニモ苦シクナリ（咳）……又、ウラのオバサンにたのんで、……医者ニ（薬）ヲトリニ行ツテモライ候、（北朗之レハ知ツテル筈ニ候）……北朗帰庵后、……益々病勢ハゲシク成リ……咳く〵……夜（枕）ニツクト、特ニ咳キ込ミく〵……遂ニ、（吐）キ出ス……直ニ起キ上リ、……遂ニ夜中、一目モ寝ズ……之ガ毎夜〵ツヾキシ為メ……遂ニ疲労又疲労、衰弱ノ極ニ達シ申候、十四五貫アリシ放哉、只今、十貫目位ノモノナラン ヤセテ骨ト皮也、肋骨ナド、ゴロ〵シテマス、カクテ新年ニ入ル……病勢依然、今ハ、朝、起キテ、火ヲオコス元気無ク、掃除スル勇気モナシ、只、寝床デボンヤリシテル有様、コンナ事デハナラント、大ニ決心シテ木下医師ニ最后ノ手紙ヲ発シ……之デハ「咳」よりも、身体ノ疲労で正ニ死ンデシマイマス事明白也、且、無一文ノ尾崎、……西光寺サンが（薬代）ヲ払ツテ下サルト云フ御厚志ニ対シテモ、コウ便々トシテ居ラレマセン……是非共……今回ハ、「咳」ヲトメテホシイ、……「ゲキ薬」デモ「毒薬」デモ、カマワヌ、已ニ三ケ月咳キツヾケ且、服薬シテダン〵不治デ衰弱デハ、西光寺サンニ対シテモ面目ナシ……と放哉最后ノ決心ヲ申シヤリ候処……ソノタメデモアルマイガ、此度クレタ（散薬）……大ニヨロシク「咳」ガ、止マツテ来タ、シメタと思いました、従ツテ夜、吐キモセズ、寝ラレル、故ニ追々と元気モ出ル　元来、此ノ四ケ月間（咳ヲ出シテ今日迄）……熱ノ出タ事ナシ、便通ヨシ、甚少食（一日「一合」位）ナレ共、オ粥デモ、ゴハンデモ甚ウマイのです　デスカラ、「咳」サヱとまれバ……追々ト元気が出て来て、モトの身体ニナル事ハ、キマリ切ツテルノデス　此間、西光寺サンに（病）ノ経過ヲハナス可ク、行く考ヲシタノダケレ共、……（ね床）カラ出ルト、フラ〱して歩けないです……ソレデ手紙にしました、ソレデ裏のオバアサンにチヨイ〱来てもらつては、イロンな事をしてもらう、……そうしなければ茶も呑めず……めしもクヱない事がアルノデス、元気がなくて、其ノ仕度《シタク》が出来ないです　其位、弱りました、近来（咳）が止つたので少々元気出て来ましたが扨、「咳」が止ツテ大ニ有難イト思ツテ居ルト、次ノ問題ハ（薬代）の大問題デス、如何ニ、西光寺サンが出シテヤルと申されたとて、三円ヤ五円ナラヨイデスガ……何しろ長い事デシテ、（本日、木下サンニ請求シマシタラ正ニ十六円デアルノデスヨ）西光寺サンニ知らぬ顔してる事が出来ぬノデあります、……后援会ハ近い内ニ打ち切られる事ですが……特ニ放哉と近い交際をしてゐる同人間で今回ノ十六円丈けをナントカして作つてもらえますまいか、其の方法ヲ御案出下さいますまいか、……之が御ねがひなのです……そして、之丈は西光寺サンニ是非御かへし申し度い、放哉全く死ぬヨリツライのです妻君は非常な経済家ダソヲデスカラ、コンナ事知れタラ、ソレコソヱライ事ですよ、ソレデナク共厄介坊主と思はれて好感ハモタレナイのだから……是非御考案御願……北朗氏とも御相だんねがいます……シカラバ其ノ「咳」が今止つて居る（薬）ヲ、コレカラ先キ吞むノハドウスルカ?と云ふ問題になりますので……木下医師ニ私ノ無一文生活ノ現状ヲ打アケテ、タノミマシテ……（木下医師ハ、アンタノからだハ普通のからだでないから（肋膜已往症ノ事）、長く服薬せぬとイケマセント云ふのです）……心よく、病名と只今のヨクキク散薬の処方箋を書いてくれる事になりまして、之レヲ、旅人君の処へ送つてヤル事に、旅人君と打合セガ、スミマシタノデス　ソレ丈送ツテクレルト病名モワカルシスルカラ……（薬）ハナンボデモ送つてヤルカラとの親切デスカラ、之カラ将来の（薬代）ハモハヤイラヌ事となりました、（今回ノ十六円ダケナノデス）それで、ソノ為メ、木下医師明日更メテ来庵シテ呉レテ、委シク今一度診察スル事ニナツテマスガ、……私ノコノ病名ハ、……ツマリ

△ゆ着性肋膜炎后ニ来ル肺労（肺ガ非常ニ弱ツテ居ルノダソヲデス）但シ、無熱性

ノモノ故、決シテ心配ノ要ナシトノ事ニ候、但シウマイ滋養分ヲ食ヘニハ閉口（ヤ
キ米とお粥（芋）ノ話しハシマセンでしたヨ呵々）ソレニ湿性気管支加答児ノ合併症ダソヲデス　故ニ、肝要ナ事ハ只、気長ニ服薬セヨト云ヒマス
以上ガ御願ナノデあります、……（咳）ガトマリマシタ故、之カラハ、元気が、付
イテ行ク一方、お正月、又御へんろ時期ニハ必、元気ニナツテ大活躍スル決心デス
「咳」ト「痰」トガ止マレバ、無熱故外ニハ何等ノ異状がナイのですから……決シ
テコレカラハ御心配下サイマスナ。……旅人君が（薬）ヲ送ツテクレヽバそれを呑
んで……どし〳〵元気ニナツテ行キマス、……以上、放哉……此ノ島ニ来テ、コン
ナ病ヲ発し（一灯園来四年目ニナリマスが今迄ハ、ナントモナカツタデスガナ）、
アナタ始めの御親切ヲウケ、西光寺サンノ御配意ヲ蒙リ　ナント申す、……深い御
縁であらうと時々不思議ノ感ニ打タレテ感謝してゐます次第　一二君は、コノ大節
季デ非常ナ大繁忙ノ由ニ此間キ、マシタカラ、私ノ病名ノ事も、疲労ノ事も、オ医
者の事も、西光寺サンノ事ハ勿論ナンニモ申してやりませんのです、……
○以上、折角、温泉がへりの、カロぐ〳〵とした御気持の処へ、コンナ事申上げ、切
ニ御許を乞ふ次第であります

旧十二月十八日（観音さまノ日ダソヲデス）

大正十五年

一月三十一日夜　放哉生

井師座下

38　飯尾星城子　宛

大15・2・5

星城子君　玉案下　二月五日　放哉生

今日の手紙の書キ出しは一寸、羽織、紋付、袴と云ふ処、一寸、あらたまつてますね、呵々、……二三日御無沙汰した様に思ふが……大抵、君は、目下、福岡市に出かけて居られる留守中だらうと思つて居ますよ、……福岡市デハ例の若いブルヂヨア連のマツカサ社中ニ御逢ひの事でせう、そして、アノ酒壺洞君の処に送つた……短冊で無い……黄色な紙に書いた私の句も見てくれられた事と思ふ、（山下一夫君通信ノ件ニツイテハ、君のオ宅宛ニ、夜話し的通信をして置きましたが、君はその、小生の手紙を見てから、出発して、山下君に逢つてくれると猶面白かつたと思ふが、私の手紙ハ見ないで出発しましたか?)、色々と、面白い話しが、盛に出た事でせうな? 面白い、お便りを待つ……是非。(中言ダガ一寸思い付いたので……オツ母サンハ御全快と云ふ通知があつたが、其後、変りないでせう——、チブスが流行してるとか聞かされてゐる故、一寸伺つて置きます)
△二月号の層雲ハヱライ来ぬ事です、オクレマシタな……今日、余史郎君、ハガキを、をこして、層雲が、オクレル〳〵と申来れり、余史郎君と申せば……同君の妻君ハ、初産ニ、双夕児を産んで共に健全、処が、今回、男子出生(但一人)とて大ニ喜び来り申候……中々、勇敢な事ですな、呵々』、
扨、以下の事……君ニ通知ス可キカ? 通知セザルカ? と大分、考えましたが、矢張り君一人ダケニハ通知ス可キモノ也と云ふ断定ヲ下シテ、茲ニ御報告申シマス、……此ノ事は、(放哉)と……医者として「薬」ヲモラウ関係上、不得止(山口旅人君)と……夫レカラ、今日茲ニ(君一人)ト……之レデ都合、三名丈ケガ知ル事ニナリマス、……井師はぢめ其他の近い同人又、井上氏、西光寺サン等ハ……ドツカから洩れて来れば、……夫れは、ソレ迄の事として、……ソレ迄は……今迄通りの病状として、通知スルニ止メル事ニ(旅人君)ト打合セ申候……(故ニ……旅人

君は……放哉自ら星城子君に打あけた事は、少しも知らぬのですからどうか其の御ツモリで……）……ナニ大した天下の大問題ぢや無いのですがね、呵々。

△湿性肋膜炎、ユ著後ニ来ル肺結核。

△合併症、湿性咽喉加答児。

右が、確定シタ放哉坊主ノ病名デアリマス……如何？　呵々。

なに、マダ、吐血シタワケぢや無し、平常少量だケレ共、（たべもの）ハ非常ニウマイシ便通は、チヤン〱とあるし、驚く事もあるまいが、……（一）「咳」がトマラヌわけサ、（二）十四五貫アツタ放哉が十貫目位ニなつて、ヒヨロ〱然タルワケさ、（三）熱も少々出るが、例の自覚しないで居る時が多い、熱のある時は必、ドツカ、苦しいワケさ……呵々……此ノ病名は已に昨年の暮頃……から、オ医者と私との間ニハ（黙契）はあつた……只、医者も語らず……放哉も問はずと云ふ処で……処が、コンド旅人君の処から「薬」を送つてもらうについて是非共、責任ある、診断病名と処方箋が必要ニナツタでせう——……ソコデ、茲、十日程以前、医者ニ来庵してもらつて、確定的ニキマツタわけサ。オ医者曰く、『アンタの様な、がまん強いからだは珍しい……ヨク満州で、二回も肋膜ヲヤリ其ノタメ左肺ハ殆全部ユ着してるのに、其後四年間、少しも臥床もせず、今迄平気デヤッテ来られたには驚く云々』……但し、かくの如く我慢《ガマン》で、病ニ抵抗して来た身体はどうかすると、悪く激変し易い……そして、合併症ヲ色々引起して、そのため、不時の転起（……大往生の事ですな呵々）を見る事があるから……今後は大ニ注意して……（一）出来る丈静養する事、（二）心身の過労を避ける事、（三）大ニ滋養分ヲ吸収スル事……以上、絶対に、守られたし……之が、医者の注文也。扨、（一）ト（二）ハ出来る丈、ヤリますがね、困るのは、第（三）ノ大ニ滋養分ヲ吸収スル事……コイツニハ困る……乞食放哉ニそんな事出来るものか!!……但、已ニ放哉一流の信念として……自分が（ア、、うまい）と思つてタベル時が、……タトヱ（オ茶漬ニコーコデあらう共）一番、カラダの滋養ニなる時だ、……味も、ワカラズ只ガブ〳〵牛乳ヲ呑んだり、卵を呑んで居ても、之ハ、無意味だ！ 滋養ぢや無い……故ニ、ソンナニ金のたかいモノをたべなく共……ゴク〳〵安《ヤス》イものでもうまくたべて居れバよい、但、熱が、ヒドクなり何ヲタベテモうまくなくなつたら大変ナレ共其ノ時ハ正ニ、牛乳、卵子ニ、降参するが）……右の例の一流の信念で……今迄通りで押通して行く考でありますよ呵々、但、焼米（又ハ芋粥）ボリ〳〵水ガブ〳〵……医者ニハ、ダマツテましたよ、呵々、之ハ余リ、ひどいかも知らぬ故に、……。但し放哉……ウマイ物は人間同様矢張りウマイ……殊に牛肉ハ大好物也……之が百匁、四十五銭しますよ呵々、(打あけ話し也)……時々、こう云ふ、滋養分ハタベタイト思へ共只今ノ処、井師ニハ何も知らしてないのだから、コチラは一寸困る(どうせ此ノ事は何レ、井師ニモ洩レルと思ふが何も急いで、コチラから広告して歩く必要は無いのですからな……結核になりましたく……なんて広告する必要ハありませんよ呵々)それでコレは、ほんの放哉と君との仲故打あけ話しをしますれば……君の商売の方の都合でも、少々うまく行つて、少しの、(ポツケツト、マネー)でも残つた時(若しそんな時があつたら)、そして、放哉ノ事を思ひ出してくれたらホンの折々……思ひ出したときに其、ポケツト、マネーの幾分を……所謂滋養物……牛肉代として、送つてくれませんか……と云ふ御願也。……特別ニ考えてくれなくてもよいですよ、必ずく……心配してくれますな。

只前述の様な場合が、アツタラ……其の時々……少しを、割いてくれませんか、……と云ふ御願也……』扨、乞食放哉、愈、病放哉となれり。

而して、正に、廃人放哉となるかも知れぬ、大ニ、決心して置かねばならぬ、(少なく共、オ金がないから例の、カルシユームの注射もしない（ヨク、キクと云ふが）、一人故、どうしてもからだを無理をする、うまい物ハタクサンとれぬ……と申す様な、周囲の状況は、慥かに面白くない……理屈から申せば、必ずや、死期を早めて来ます事勿論……ホントに此間ノ「短冊」が絶筆になるかも知れませんよ、呵々）……今後は放哉益々、アク迄……精神修養で戦つて行く決心ナレ共、それ迄に此の肉体の方が、早く参るかも知らぬ……何も放哉の運命也……今更驚くにも足らぬ事だが……現在「咳」は止まつてるが（薬ヲツヅケテ呑むので）非常にカラダが疲労してるからマヅ此ノ疲労を一旦、モトニ恢復して大ニ精神的ニ戦ウ決心也……只今デハ此ノ疲労が、少々、ハゲシイので困つてゐますよ、只々、……俳道精進……そして此ノ疲労から一度恢復して大ニ精神修養で戦ひますよ、此の、がまん強い、放哉坊主が、……呵々。

大分、ダラ〱長くかいて、肩がコツテ来て少々、苦しい、熱が、チヨコ〱出て来たのかも知れぬ……来れ、「熱よ」呵々、くたびれタカラ之で、ヤメにします、マダたくさん書く気ダツタのだけれ共、さき方から少々苦しくなつたから之デ、（尻切レとんぼ）ノ様ダガ擱筆します……今夜、投函ヲタノムとして、此手紙アナタの御留守中ニ到着するかな？　サヨナラ〳〵。
又書きます、大ニ書きますよ、
次良君ニハ勿論……無言ノ事〳〵呵々、（アノ松葉錠……大変ヨイ気持、此ノ間送つてもらつて、二月一パイ有リマス、又なくなつたら、タノミますよ、サヨナラ〳〵、呵々。

39　飯尾星城子　宛

大15・2・7

啓、今日ハ風落ち、少々暖かい気持大変ニ落付いて心持がよい、此間節分もスンだから……日も少々長くなり、寒さも幾分減じて来るかも知れぬ、ありがたい事也。只今　夜也……一人机の前に座ハる……「熱」も今日は無い様だ……アク迄禅の心的修養の鉄石心を堅めて、……万事に超然として行かうと思ふ。神戸の旅人君大に心配して来て、「注射」ヲシロと云ふ呵々、已ニ朝せん、満州ニ於テ、二回の肋膜の時、其時ハ、ブルヂヨア故呵々、ヤレ（カルシユーム注射）だとか何とか称して、大凡、三ケ月ニ亘つて、注射をしたものだが（一本一円位だつたな）何がキクものか、呵々……此ノ「病」ヲ一体「薬」デ治すなど馬鹿な考は、起サヌ事也、只々（心的修養の鉄石心）ノ鞭うつアルのみ（小生の、旅人氏ヨリ、モラウ「薬」ハ……コノ「咳」がとまる「薬」です、故ニ、「咳」がトマツタラ一切ノ「薬」ヲ呑まず……放哉一流ノ療法ニカカル決心也、（但、時々、牛肉ノ（スキヤキ）デ舌鼓ヲ打ツカモ知レヌガ呵々〳〵）（オ金ヲモラツテモ決シテ足ハ出サヌ、コンドハ放哉モ少々真面目ニ努力シマスヨ、呵々）。

△扨、別の話し、アンタ剣道大分、ウマソヲだな、そこ迄熱心になるには、一寸素人ばなれがシテ来ないと、だめ也……中々、つかへると見えますな、至嘱〳〵、私ハ学校ニ居たトキ運動ズキデ（三年間一高ノ寄宿舎で剣道、柔道、テニス、なんでもヤツタが上手にならぬ、其ノ頃ハ、柔道ハ「講道館」で無段カラ、初段（黒帯となり）二段三段四段と上つて行く、剣道ハ、逆ニ、「級」デ、十級、九級、八級、七級……三級、二級……と登つて行く、数ノ少ない方が、ヨカツタ（柔道ト異ツテ、アンタ今何級位かな、呵々）、ベースボールはやらなんだ、……只、（ボート）は無闇にスキでね……マダ其頃ハ第一、「日比谷公園」が無かつた、従而、「警視庁」も「帝国劇場」もソンナモノかげも形ちも無いアノ辺一帯ハ日本橋通り迄……草茫々

たる、広い野原デ、我々ハ（三菱カ原）と呼んで居た、神田橋ニ行つて少々、賑になる、只、満目蕭々たる草ツ原デスカラ中々凄い、昼間デモ、カナリ淋しい……夜になると、トテモ遠く日本橋通りの灯を望ム丈けで、ソレニ、宮城二重橋の灯、……淋しい〳〵全く一人歩けバオ化けが出る……其頃その原で、若い美人で、「お艶」と云ふ女が殺された事がある、「お艶殺し」……とて中々、東京を騒がしたものでしたよ呵々、……（冬の夜話しをサセテ下さい、今夜ハ気持がよいのだから）……考ヱテ見れば、古いモノさ……アンタ東京に住んで居られた事アル由（麻布区デシタカ？）日比ヤ公園の辺は十分知つて居られるでせうから、マア以上の私の記述と比べて見て下さい……マルデすつかり変つてしまつたでせう？　呵々）……第一、マダその頃東京に電車といふモノが無かつた……女学生の海老茶袴といふものが無かつたか、非常ニ、ハイカラでめずらしかつた……漸　之が、今から、二十五六年前の事ですよ、その二十五六年間ニ、東京ハスツカリ変つて、ヤレブルヂヨアだのプロだのヤレ赤化ダのなんだの全く驚いたもんですなあ……呵々、扨、話しが此、電車がマダ無かつた頃の事から私の（ボート狂）ニ話しが　逆もどりするのです。本郷（一高、大学ノアル処）から……勿論……電車ハ無いのに、（ボート）の艇庫が……隅田川の吾妻橋のも一ツ、テマイに両国橋との間に厩橋《ウマヤ》と云ふのがあります其の橋のそばニ一高の艇庫がありました、そして、（ボート）ハ皆、そこニアルから、（ボート）に乗りたければ、厩橋迄行かねバならぬ……若イ元気ハヱライもんですネ……毎日〳〵学校がスムと（午後二時頃）……一同で、テク〳〵本郷から、隅田川の厩橋迄歩いたものですよ、そして、（ボート）ヲ下ろして、ズン〳〵上ニのぼる……吾妻橋カラ、大橋ヲコエテ、ズン〳〵上の方に登つたり下りたり、……言問《コトトヒ》の（イザ言問はん都鳥の名所）、言問団子を、岸に、舟をつけて何度、夕べニ堤ニ上つたものか？　ソレニソノスグ傍の長命寺の桜餅……之が又ナントモ云へぬウマイ……それで、暮れてから又、（ボート）ヲ、艇庫の中ニ、ギリ〳〵〳〵と巻き上げて、鍵を下ろして、ソレカラ、テク〳〵、又つかれて、ヘト〳〵ニなつてるのに、……本郷迄帰つて、食堂ニとび込んで、……盛ニ喰ふ、ホントに、十杯位其位タベタでせうな、……とても電車が出来てからの学生には、出来ない芸当ですね、……デスカラ、人間は、どうにでもナルものですよ、（文明ナラ文明の様ニ、不便なら不便の様に、ナントカ押し付けて行きますな、呵々）

扨、此ノ（ボート）の熱心、ムナシからず遂ニ（ボート）丈けは……上手になつて（矢つ張り私ハ水ヤ海がスキなんだ呵々）……英法科の選手に、ヱラマレテ……独法科と、仏法科と三科の競漕となり、一回ハ、独法ニマケましたが其後、二回……勝利の記憶ヲ持つてます、其頃メダルもたくさん持つて居タ……其時の競漕ニカツタ時の（記念写真）……七人共運動着で、……ヲウツシ之が、七人の処と、一高の講堂にはかかつて居るワケ也、呵々、……放哉実ニ元気デシタな……今と比して如何？呵々、其の七人の選手の中で(a)一人は……一時、大蔵次官迄シタ事のある青年大雄弁師……青木得三之ハマア何レ大臣モノでせうな、(b)一人ハ朝せん全北の内務部長、(c)一人ハ大阪商船の大連支店長をしてゐたが今洋行してるとかきいた、(d)一人ハ、東京デ長く弁護士をヤッテます、(e)一人ハ勧業銀行（東京）の九州のドッカの支店長ニナツテ行ツテル筈、（之ハ、山本達雄と云ふ、大蔵大臣がアリマシタガ、之レノ親類で、ソレデ、どん〳〵進みました、イヅレ本店の重役モノでせう、(f)一人は、……大学卒業前ニ死にました、……非常によく出来る奴だつたが、惜しい事をしましたよ、扨一人ハ某海上保険会社の支配人ダッタのだが、只今ハ、乞食になり、且、結核になつてボロ〳〵然として、「俳句」を只一つ、うなつてゐるそうであります、此男……七人中、一番変人にして且、死期、尤早かる可し（イヤ第二番目か）と、暦に書いてあるか、よく存じません、呵々〳〵〳〵。

　夜話はドコにでもとぶ……層雲二月号昨日来れり、アンタの句の中で、例の此前見夕、△犬なら尾をふらねばならぬ……（少シ、イヤ味あると思へ共）　△地の暗さから水吊りあげた、△時雨る山の温泉の風鈴（平凡ニ傾キマスガ）等、マアマアよいと思つた呵々、妄評〳〵、其外の、△山から山芋うりに来た、△菊も枯れてしまつた庭で焚火さからす、△寺の雀に潦置いて霽れた、等ハ、アンタの句として、ナンダカふるくさい気がして、ピタリと来ない、望御精進（剣道と同一歩調で、呵々）
△此間……中津同人の「句」が、一向ニ、ダレテ居てなつて居らん、……私が選句し出してからチツトモうまくならない、寧ろ、マヅクなつてる位実ニ、イヂ〳〵する……放哉只、〇ヲチヨイ〳〵付けて（月ニ一回）そして、三円炭代モラツテ居れば、天下太平なんだケレ共、どうもソレデハ気がすまぬ、……イツ迄もコンなダレ調子で進境が見えないのなら……ソレハ放哉が選者としての適任者で無いのだから、いさぎよく、選者を辞退す可きだと迄自分では、自責の念にかられますので……此間二度、丁翁氏へ、（先生ヲ代表者と見て同人、全部「句」ニ「熱」少しも無き事、

少しも最初カラ、うまくナラレタ、形跡が見えない事、イクラ、いそがしい、生活の商売を皆、もつて居られるにした処が、今少し、「熱」が出テホシイそして、も少し、(句作)とソレカラ(古人の句)並ニ、井師はじめ先輩の句集を読む事ヲセラレタシ)ソレデ無ければ、何時迄タツテモ、上達の見込なし。

只毎月一回の句会に出て、作句ニオ茶を濁して、ソレデ来月ハ層雲へ何句出るかなあとポカンと待つてる様な事デハ、とても〳〵将来の見込無し、と大苦言を呈し候、丁翁よりは、端書で、大ニありがたい苦言だが、何分、イソがシイので……云々と申来候、大ニ勉強サレル由故、喜ンでますが……何分、イソガシイのでの遁辞ハ放哉一番キライ也……カヱツテ、一番、いそがしい、頭が緊張して居る時ニ電光の如く、チラツ〳〵とよい句が出て来る事があるものですよ……今日ハ日曜日でヒマだから俳句デモ作つてヤロで、胡座をかいて、タバコ、吹かし出したら、ソレコソ、ろくな「句」ハ出来ませんよ、コンナ事申してやりました、……放哉全く、ヨ計な事の様なれ共只、〇ヲ月ニ一度宛ツケテ、(今少し自然ヲ見つめて……ナンカ云つてる、気持ニナレない……ア、進境が少しも、見えないではネ……放哉坊主も、割合責任感念は強いですな、呵々〳〵、……『此ノ道、今人捨てて土の如し』

乎《カ》『手を、ひるがへせば雨、手をくつがへせば雲、片々たる軽薄、われ何ぞ責むるを用ひん』ですかね……大に剣舞でもヤリたくなつた呵々……但少しも、気は狂つて居ませんから、乞御安心、夜話が長くなつた……又少し、(ヱライ苦しい)様だ、ねませう〳〵。サヨナラ、

此手紙も、オ宅アテに出しますよ、アンタの手にうまくは入るかな?

二月七日

放哉生

星子座下

40　長谷川幻亭　宛

大15・2・日付不明

幻亭様

放哉生

(略)アナタ方の句のスタイルがだん〳〵上つて行くのが何よりのたのしみでありますーー扨大変にホメていたゞいて、御礼申します。……処が私自身では、私程、ツマラヌ者は無いと、あきらめて、此の、生活にとびこんだのですがね……曰く、人不可解ですがネ、それや、そうでせうよ。自分でも、ヨクわからないのだから、人

サンに、わかる道理がありませんからネ呵々。「奉仕生活」と申せば……何物か「奉仕生活ならざらん」で……一灯園のは……「下座の奉仕生活」……大抵の人がイヤガル「奉仕生活」を、自分で進んでやらうと云ふ処に在るのです……ですから豈便所掃除のみならんや……で、只「人のいやがる仕事を、進んでする」のです。第一、「信仰」……への修業の路は……自分を全く、消滅させ、取消してしまう処から出発します…「大死一番」トハ即ち、これであります、……自分は已に死んでしまつたのだ……自分は無いのだと思へば……「法学士」何者ぞや……第一、私は大学を卒業しまして、其の卒業証書を、モラワズに四年間も大学の倉庫（事務室の）中に、ホツテ置いたものです……決して、テラツタのでも無し、物ズキでもなかつたのです……只ソレ程、価値を認めなかつたから……学問した結果は……自分の「頭」の中に、シマツテある筈……卒業証書の上に乗つては居ないと云ふ様なワケで呵々……中々元気でせう……卒業して、会社にツトメテ四年タツト、延期してゐた、「徴兵検査」がヤツテ来たのですよ、其の時には是非此の「証書」が入用なのです、——何故廿七八歳迄延期したか——を立証するため、「卒業証書」を持つて行かなければならぬ……ソコデ、大学に行つて四年ぶりで「卒業証書」を手に入れたといふワケ呵々、其時、事務室の事務員が……「実に怪シカラン、四年モ倉ニ保管させて…
…倉敷料を出しなさい」といふ……両方で、大笑した事でした、其の時に面白い事
がある……其の「事ム室」の「事ム員」の中ニ、――野間清治……（講談倶ラ部ヤ、
面白クラブヤ、キングヤ出して、今、出版界の第一人者ニナッテルデセフ）君が事
ム員の一人で居りましたのです、ソシテ、高等文官の試験を受けて落第して、大に
悲観してゐました、其時、同君は、役人になりたかつたのです……事ム員で試けん
をウケルのだから、慥に、勉強家ダッタのですネ……、若し此時、野間君が幸に、
試けんに及第して居たらどうでせう……今日ノオ金もちになれるでせうか……呵々
――人間には運といふものがあります――私も若し、役人になつて知事にでもなつ
て居たら、此の四年間、ホリ出しの「卒業証書」の一件なんか……新聞なんかに
『已に学生時代より偉彩あり……』なんか、逸話として書きたてるでせうネ呵々……
之も運ですよ……兎に角、私は大学時代から、ツマラヌ社会的価値よりも……「人
間」としての、ネウチを高上せしめる「人間礼讃」と云ふ方に、熱心ダッタものと
見えますよ、ナンダカ非常に脱せんシマシタ――之デヤメマス、又、時々、コンナ
面白い話しを、夜長にきかせてあげませう……此の話しは一寸面白いから、能保流

さんにもきかせて、あげなさい、キット笑ふでせう呵々……兎に角、私は今の社会的の自分と云ふものは、消滅してしまつたのだと……或は、アナタの言葉の「生れ代つた人間」と信じて、只今の生活を喜んで□して居るのですよ、——今迄様に、私は、遂に死ななければ（此肉体が）社会に入れられない人間かも知れぬ……コンナイヤナ、ウソだらけの社会にはですよ呵々……中々、マダえらい元気でせう……若い人には、マダ〳〵意気に於て決して、マケヌ考で居りますよ」（略）

大15・3・18

41　小倉政子　宛

啓……今日ハ、久しぶりニ御懇切極まる御手紙いたゞき放哉正ニ感泣致しました……但し……康サンにも申上げた通り……此度ハ医者の方が面喰つて泡くつてしまつてオド〳〵してますので……私もイツシヨに連れられる形、呵々……コ、一週間タチマセンと………（ヌリ薬）と（ウガイ薬）の効果が現はれません……其の結果……（右向ケオイ）か（左ムケオイ）かにキマリます呵々……ソレ迄ハ放哉正ニ悠然たるもの也曰く、△致し方なき事は致し方無シ▽……只アナタの御懇切の結果、一寸困る事がありますので、コレ丈は是非ヤメテほしい、（カヱツテ御親切が放哉を苦しめますから）

(一)泣かぬ事、呵々

(二)鳥取ナンカニ絶対ニ申サヌ事

(三)カオルなんかに之又、絶対ニ云ワヌ事

(四)アナタの命令通りニナッテ看病してもらう事

之ハ一寸懸案としてもらいたし……ソレハ別の意味で即ち……私が今デモ已ニヒヨロ〳〵して居て疲労して、……肉体が少しも云ふ事ヲキ、マセヌそれで……（若し愈寝込んだ時ニ）……此ノ病ニオソレヌ人で……日常ノ掃除ヤ、身ノ廻リノ世話をしてくれる人が是非入用ノワケデスガ、ソレ……オ金を出して雇ふワケニ行かんでせう　此点大ニ考ヱテ居タノデスガ……只今ハウラに一人おばあさんがオリまして、之が用事の無い時ハ毎朝来てチヨイ〳〵手助をしてくれるのです……別だんオ金ヲヤラナイのです、ケレ共、コンドの御遍路の収入デモ少々ヤラネバなりますまいね……マア此の問題ハ大問題デアッテ或ハ、アンタにお願スル様になるか……そ

れとも……外ニ方法を見付る事になるか……今の処不明故……懸案にしてもらいます――但、私ハ（死ヌ迄此ノ庵を出ない）ト云フ事ヲ承知下サイ……故ニ看病してくれる人は、コ、迄来てくれなければ、ナラヌ事になりますよ、呵々……但コレハどうなりますか全く、疑問故、此話、ソツとして置いて下さい……（一）（二）（三）迄はアナタの御厚意ヲ感泣してヤメテもらう由、康サンにも一寸通知しましたが、此ノ（四）の件ニツイテハ康サンノ手紙ノ中ニは何も書きませんでした……右の通』

切手御礼〱。……

いそぎ御返事を、サヨナラ

三月十八日　感佩しつゝ　秀生

42　荻原井泉水・内島北朗　宛　大15・3・23

啓、今朝井師から（急）といふ手紙が来て、見ると……病院の部屋の事など、いろ〱書いてある……そして、（来るなら）、ともある……全く、驚いてしまつた……東京宛の便、及先日、京都井師宛手紙の分、等にも、色々かいて置きました通りの、放哉の決心であります……此の決心は誰が何と申しても、絶対変更せぬモノと御承知下さいませ……若し、今、無理に此の「庵」を出よと云ふものアレバ、丁度よい機会故、食を絶つて死にます決心……今少し位、長く生きられる放哉を、早く殺さんでもよいではありませんか。

此の私の決心を、笑談と思つて下さいますな。

井師、御上京のアトかとも思ひましたから御両人宛に出します　ヨマレタラ、井師に送つて下さい

私の病気が京都の病院にはいつて薬をのんだ処でナホルものですか……

第一、あの、ヤカましい、売店のやうな、殺風景な、マッ白な病院といふもの、アノ中に、は入ると云ふ事を考へた丈でも放哉慥に死期を早めますよ、呵々

此の病は（精神修養）の、練磨から、なほして行くより外には、致方ないですよ、「薬」ヲアビル程呑んだ処で、針をプス〳〵さした処で、決して、治るものではないのです、私は、此の病気については、医師不必要論、並に「薬」の不必要論を主張します（放哉も、今の、セキ薬で、セキがとまれば、も早や、それ以後は、何一つ「薬」は呑まない決心であります……たよる処は一に（精神修養）……足のウラ

の呼吸であります……それで、ごらんなさい、放哉コンナニ元気盛也……病院の門を、は入つたダケで、慥に死ぬる、大学病院なんかの中に（京都の）は入つて見ると（私は、よく知つています）……マルデ、博らん会の売店のやうなサワギ也……そして、イヤに、白だゝけで、変な（人間）といふもの、、顔が、右往左往して、……そんな処に、一日も居られない、慥に死にます――。
マダ、少々は生きられる放哉を、無理に早く殺してしまふべく「庵」から、引つ張り出す程、御両人は、放哉に対し、無慈悲とは思はれません……今少し、生きさせて下さい、呵々。
今朝は、よい凪で、小さい窓から、朝日が、イッパイ、さし込む……風は少しもない、海は和やかに光つて居る……窓迄行つて見ると、アノ小い庭に、イロ〳〵な青草が芽を出してゐる、それは、様々なモノがある、（そら豆）迄一本出てるから、面白いな……その太陽の中に、一人であたつて、ホカ〳〵して居ります、コレカラ「島」も、暖くなるでせうよ今……死すとしても、カウ云ふ自然の景色の中で、青空と青草とを見つゝ死なせて、モラヒたいのです
井師は、今少し、放哉を了解して居て下さつてホシイと思ひます、北朗君は、か

つて知つて居らるゝ通り私が（一灯園）に、トビ込んだ時に於て、已に〳〵「死」を、決心して居たので、……只、その死が今迄のびて来た丈、今回は、どうやら、よい、死処を、得たらしい（周囲の自然の景物の中に死ヌノデスカラ）と思つて居るのですよ……お解り下さる事と思ますが……

只今では、放哉の決心次第一つで、何時でも、「死期」を定める事が出来る、からだの状態にあるのですよ……ナントありがたい、ソシテ、うれしい事ではありませんか……放哉は勿論、俗人でありますが、又、同時「詩人」として、死なしてもらひたいと思ふのでありますよ……私には、時々、思ふのですが、慥に、「詩人」としての血液が、どつか、脈打つて居ります、（学生時代からでありました）、何卒「詩人」として、死なしてもらひたひ……結局、三十年も、四十年も、生きる問題ぢやないのですから、此の、ツカレタ放哉を、引きづり廻して、イヂメテ殺す丈は、どうかお許し下さいませ……

足腰の自由カナハヌ程疲労してゐますが、朝、早起して、例の机の前に座つてしまへば、元気正に如斯し、全く、小さい窓を通し、自然を見、自然と話して居るからであります……故に、手マハリの世話はウラのお婆さんが、一切してくれます…

…之に、世話になつて居れば（薬）は呑まぬのだから……其内（精神修養）で、持ちなほして行くか……又は、お婆サンノ世話になつて、自然の中に死ぬかであります。此お婆さんに、御礼金の必要あるのです、京都出養生費用を、アトデこの婆さんに、向けてもらへたら……之が、一番の良法であり、又、くどくであります……申し上げる事は、ナンボでもありますが要するに、

此の庵……を死んでも出ない事……之れ丈が、確実な決心であります……。

若し、無理に庵を押し出されるやうな事があれば、意識的に、食を絶つて、放哉、死にます……。

右、確実に候、近来、のども、例の奇蹟的に、物が、少しはいる様になりますし……此の「自然」の中にかぎるですよ、……嗚呼、自然〱、青空、白雲、及青草……コレカラ「庵」、はよくなりますよ（今迄、寒風烈風を辛抱して来たのだから呵々）、ポカ〱して来たら、どんなにヨイだらう……只、精神修養〱。

放哉、決して生きたく無いのだから……ソコヲ、トリチガへない様に、お願申します。

病院……アノ、芝居の売店騒ぎのやうな、不自由極まるツマラナイ病院なるもの

――聞いたゞけでも……死にたくなる……食欲がなくなる、放哉は、モウ〳〵（人間社会）は、イヤ〳〵。自然の中で、ダマツテ、死にたい……一人で……ありがたい事であります

西光寺さんニモ、井上氏ニモ、此間は彼岸の、御馳走もつて来て、私も夕べ（少し、のどには入るやうに、ナツタカラ……之が実に奇蹟ですよ……オ医者サンが驚いてゐた）、婆サンニモヤルといふ調子故、何事も、申してヤラナイ様にして下さいませ。

扨御両人の、御親切に対して、放哉、或は、失礼の言を、吐いたかとも思ふ……（折角の、入院の御好意をかたなしに、打コハシタリナドシテ）、但、静ニ、放哉の、只今ノ心中ニ立チ入つて、同情してお考へ下すつたら……御許しを乞ふ事が、出来ると思ひます……ワルカツタ処はあやまります。

放哉の決心……決して動きませんから……その意味で御助け下さらん事を、お願ひします。

敬具

三月二十三日

井師足下

放哉生

北朗サン足下

庵ヲ出ル事出養生ノ件……コレ切リデ、打切リにしていたゞきたし。

第一、只今、余程以前カラ、……足モ腰モ不自由デ、歩カレナイノデスヨ、ソンナ者ガ、一歩モ庵外ニ出ラレマスカ？　呵々。

43　飯尾星城子　宛

大15・3・27

啓、あんたも近来、気持が余りよくないらしい処へ遂に此の手紙を書かなければならなくなつた、乞御許……（丁翁ノ手紙二枚同封す）

△其ノ前ニ是非、書かねバならぬ事あり　乞御読。

二十日程前ニナリマスカ、其以前カラ例ノ合併症湿性咽喉カタルと云ふ奴デのどが素敵ニワルクなつて居たのですが……二十日程前から、ダン〳〵ひどくなつて来て、遂ニハ　のどが、痛くて、めしモ、オ粥モ、は入らぬ様になつて来た。そして（声）が少しも出ない……そして水モ湯も、呑むと、逆流して、鼻にはいるか、気かんニは入るやうで……ツマリ何も、のどが受付ケヌ様になつた。……サア大変…

…放哉……此奴には参つた、医者に来て見てもらうと……医者大ニ驚き、正ニ喉頭結核に来れり余命幾日も無かる可し……お覚悟あつて然る可しと云ふ……私も、多分そうヂヤないかと思つて居たのだが、……マア、兎に角、此の、（ウガイ薬）と（ヌリ薬）とを一週間　ヤツテ御らんなさい……ソレデきいてくれバ、未だ、喉頭デは無かつたのだが多分ハ怪しい云々……放哉全く此の一週間ハ、丹田に呼吸をひそめて……忠実ニ、（ウガイ）と（ヌリ）とをやり……まつて居た処が、此頃に至つて、少しよくなつて来た、シメタな勿論……めしも塩からいものも通らぬが、湯や水、オ粥位は……がまん……シテは入る様になつて来た……シメタな……医者曰く……全く奇跡也〳〵……放哉曰く全く仏恩也〳〵……。処デ腹ニ物がはいらぬ故……疲労益々ひどし……ヤセる事益々此上無し。今ハ庭ニ下リタラ再、上ニ、はつて上ルが困難と云ふ処……トテモ話にならず……タトヱ此の、のどは、ウマクなほるとするも、……此の疲労では、全く、星城子君、長からざる内お別れですよ呵々……のどニ驚キ、井師ト、旅人ニ報告シ両氏大ニ驚キ、京都ニ出テ来イと来り！其頃ヨリ、のど、漸くよくなれり故ニ京都出養生ハ一寸、只今中止ノ形ち也……それにネ……放哉ハ病院で死ぬよりも此の庵の自然の風物の内で死にたし……如何？

……呵々。

△そこデ問題ハ、例の、オへん路時期デ（旧三月ト四月ト）モーケル六十円（即チ一ケ月五円ノ生活費ヲウミ出スための）が、トテモ其の半分も、今の処では上りそうにも無い……之ハ勿論ノ事也……後援会もモトく此のオへん路時期迄、放哉が生キテ行く費用ヲ送ツテヤル意味のもの、今更ソレ程後援会ニ、厄介カケル わけに行かず……処デ、別方法ヲタテ……選句の御礼デ、五円ヲ出ス事ハ出来まいか？……之ヲ考ヱテ見タノダガ、中津同人ハ、果して、コウなつて来た……コレニ今更、（四人丈シカ残らぬ事ニナル故）一寸困ル、（参円ノ御礼ハ）《但し、全く島ハ寒いので、四月いつぱいは、どうしても炭代が、ナントカして今迄通り、ホシイなあ……之ハ別の話しなれ共……、よく、丁氏と相だんシテ下サイ》処デ、放哉の考として、中津の同人が四人残る（丁氏、静之、二火　清二郎）ソレニ、あんたと次良サンとを加ヱ（月兎郎氏ハ？　？）六人……所謂一人になつてモヤル連中と思ひますで、此ノ同人から、毎月、一円五十銭か、二円位出ないもんでせうか。放哉……のどが、ナヲツテモとても長くはありませんから……助けて下さい。其ノ外ハ……台湾台中ニ、一灯園時代の友人が、（バナナ果物会社）ニ出テ居テ……私が最初、

タヅネテ行きかけた人間也……之が時々、一円五十銭也、二円也、月給の中から今迄、送つて来てくれますから……之レニ事情ヲ話して、必、毎月、弐円位送つてもらふ事ニし……猶不足の壱円程ハドツカに「同人の選」デモ、ないだらうか、(御札が金一円と云ふ、呵々) 考ヱテ下サイナ……又ハ、井師ニデモ、キイテ見れバ、ドツカに出来はしないかとも思ふのだけれ共……マア以上ノ三口ヲ合計すれバ、どうやら……此ノ際ノオ遍路の収入は、アテにしないでも、収入ハ無くても……毎月、五円の生活費が出て来ると云ふ。甚苦しい考を、思い付いたモノニ候、マア之も、生きてる内ハ考へねバならぬ事だし……実際、決して余命長くなしと思ひます……其ノ御同情で……どうか、丁氏とよく、無理の無い様ニ、イヤな気を、をこさぬ様に……打とけて御相談して見て下さいますまいか……ソヲスルト、放哉、大ニ安心してオ遍路の事ハ心配せずに、安静したいと思ふのであります……ソレカラネ……何しろ此ノ寒さで、四月イッパイは、「炭」をタカネばとても住めぬですが……之丈ケハ余分としてなんとか、送つて下さる方法ハあるまいか?……之モ押し付けがましくない様、無理のない様に、丁翁と御相談下サイマセ……そしたらアトは、何しろ中津ハ四人になる。アンタ方二人と云ふ事になる故……前述の方法ヲ、御相談ねがいたい……決して、イツ迄も〱ではありますまい。必ず長くはありません……どうか御願申します、(モウ苦しくなりましたよ) 皆、ヤセがまんで、押してるのですネ……アンタも気分ノワルイ処ヲ止ムヲヱヌと許して下さい。

サヨナラ、二十七日　　　　放生

星子座下

44　荻原井泉水　宛

大15・3・30

啓、此ノ手紙京都宛ニ出します、今朝、新小説着御礼、……あの谿の家でのび〱される事だらうなあ……と思ふ、……小生ののどの奇跡、トテモまだめしに煮ざかなと云ふ処に行きませんが、オ粥に生卵子位平気で受入れる位になりました、……「鎌倉街道」迄は行きませんが、其の「横町」あたりの人通りは、チラリ、ホラリとある事になつたのです……誠にありがたい事で……ドッチにころんでも……何れ長い事ハありますまいが……一時湯も水も逆流に及んで……「声」少しも出ずお医者サンにサヂをなげられた時にはドキンと来ましたネ呵々……

されば、只今の処は、矢張り、「紫の煙り」が第一番ですな、アナタが時々、召し上つてゐたアルマハ日本製で非常ニアマタルくて而も中々高価につきはしませんか？

寧ろ此の「スリーカースル」になすつたら如何、私の口には実に、ピッタリ合ふのです（土耳古ノ葉はマダ夢の如きアマ味があると云ひますけれ共）ツイ、うまい、フト青い缶を握つて居るのです呵々　ドシ〳〵吸ふので心細いが……コウ云ふものに「をし気」があつたら味はサツパリなくなりますから……大に、大臣気取りでスパーリ〳〵一人でくゆらして、味をかみしめ紫煙の行方をなつかしむで居りますよ、アノ、籐の椅子が一ツあつたら、ソレニからだを長くのばして吸つたらウマイだらうなあ……と思ふのです……それからこふ云ふ事も考へて見るのです……

アンタと二人で……この春から初夏にかけてのアノ辺の京都の小路を散歩でもして又ハ田舎路でも、……そして、口ニハタエズ「カースル」の匂ひと、煙りとをたえさせないで……そしたらサゾ愉快だらうなあ……而し遂ニ之ハ不可能事に終るらしいですな　あゝ、ウマイたばこ、ありがたう御座んした。

〰〰〰、のどの騒ギで又オ医者さんにかゝつて、オ金がかかる事と……スマヌです。……

ウラのお婆サンにたのんで買つてもらつた金弐拾銭也の木瓜の鉢、……蕾二ツ咲きましたよ、一ツハ「赤」一ツハ「青」……「白」ダトよいのだが、机の上にのせて見テマス……何しろ大木？の「枝」ヲ切ツテサシタ奴と見エテ、幹が甚細くて、心細いですデスカラ蕾も漸く、上の方に只今、拾数箇見える丈です、仕方ありますまい、木瓜と云ふ奴御承知の通り幹のかくれる程ビツシリ咲くのですけれ共ネ、……細い枝のサシ木だもの……私ハ、寒いから台所のスミに寝てますが……朝早く……ウラのお婆さんが来て台所の障子を、開けはなしにして、「火」を、オコシテ、クレルのです　ソコカラ見ヱル前のタンボの中の大キナ柳の木が一本……之が芽ヲ出シテ、風ニ朝早く吹かれてるのが面白い（寝床カラ見テイルノデスヨ）、早速、「枝」ヲ二三本折つて来てもらつて柱かけの小サイ花イケにサシマシタ……果して大によろしい、所謂、嫋々たるもので……小手毬でも二ツ三ツ、たれかにブラ下げてもらいたいな呵々　そろ〳〵「春」になりました、嬉しい事ですな、サヨナラ

三十日　放哉生

井師座下

45　荻原井泉水　宛

大15・4・5

西光寺サン電報ノ件……気休メニ「一軒」知ラシテオキマシタ（親類ノ名ヲ）……
乞御安心。
《アンタニハ、私ガコロリト参ツタラ土カケテモラウ事ダケ、タノンデ有リマス》
ト西光寺サンニ申シテオキマシタ
親類ト云フ名ヲ……キイテモ、イヤニナル　呵々
中々、マダ死ニマセンヨ〱

解説

小山　貴子

尾崎放哉といえば俳人として知られた人物であるが、書簡の名手であり、また数少ないもののいくつかの散文も残している。

現在、目に触れることのできる散文は、「面白き現象」「山」「夜汽車」「俺の記」「非同色」「北朗来庵」「入庵雑記」等々である。その中から、本巻は晩年に小豆島南郷庵にて執筆された随筆「入庵雑記」を収載したが、ここでは先ず、放哉にとって「面白き現象」から「非同色」までが書かれた中学、高校時代とはどんな時代であったかを概観してみたいと思う。

放哉は明治三十年鳥取中学に最年少で入学する。当時の放哉は、俳句に専心するというよりも寧ろ文学全般に関心を持っていたと考える方が自然である。勿論、郷里の先輩坂本四方太によって命名された「卯の花会」に参加し、同じく同窓の窪田桂堂や田中寒楼の指導下にあって句作に励んだことは「ホトトギス」への投句や校友会雑誌「鳥城」の俳句欄によって明らかであるが、短歌にも意欲を見せていたという岩田勝市の回想（『春の烟』所収）がある。また、上掲の「面白き現象」、「山」は「鳥城」に発表された随想であり、「夜汽車」は卒業時の明治三十五年三月に従妹の澤芳衛に手渡した短編小説である。さらには、明治三十四年、五年生の時に半年の任期で文芸部理事に公選されている。こうしたことは、放哉が多分野に活躍していたことを物語っているといえるだろう。

また、見過ごしてならないのは、これらの創作活動は一人放哉のみが行っていたのではないことである。短歌は、岩田勝市をはじめとして山崎甚八、三浦俊彦等と「芹薺会」を結成したということであるし、「卯の花会」については『市史鳥取市七十年』（鳥取市役所、昭和三十七年十一月刊）に、「天抄、坡酔、桃南、霑水、二桐、素琴は鳥取中学の同年組で、明治三十四年三月卒業の前後が卯の花会の全盛期であった。」（第二章　郷土と文化）と、放哉より一級上の学生達が中心的存在であったことが記されている。確かに、放哉在学中に発行された「鳥城」第二号～

第五号（第六号は未見）の俳句欄に掲載された総句数は、二桐、坡酔、素琴の順で三人とも放哉に比して圧倒的に多い。また、「鳥城」第四号収載の「山」は、四十名ほどの寄稿者のうちの一篇である。そして、こうした創作意欲を持った学生達は、気の合う者同士でグループを結成し、回覧雑誌を作っていたものと思われる。

さらに、もう一つ注目すべきことは、「卯の花会」は「ホトトギス」が創刊された翌明治三十一年にいち早く作られた新俳句の地方支部であったこと、「鳥城」も放哉が入学して二年後の明治三十二年に創刊されていることである。「芹薺会」にしても、新派の和歌を作ろうと意気込んで作られたものであるという。即ち、こうしたことから考えられることは、明治に入って東京を中心に興った文学運動が鳥取に及び、刺激を受けた学生達に創作意欲が高まった時期が彼の中学時代であったのではないかということである。新しい時代の波を受け、熱心な文学仲間と共に切磋琢磨しながら創作に励んだ中学時代が、放哉における文学の出発点であったといえるのではなかろうか。

明治三十五年九月、第一高等学校に入学した放哉は向ヶ丘での寮生活に入る。一高時代の放哉は、文学と疎遠になることはなかったが、旺盛な創作活動を展開したという資料は今のところ見出されていない。句作について言えば、荻原井泉水等によって再建された一高俳句会に出席しているが、出席率が高いとは言えず、幹事の井泉水の印象も薄い。そんな中で特筆すべきは、一高の「校友会雑誌」に二篇の作品、「俺の記」と「非同色」を発表したことである。

「俺の記」は、三天坊の筆名で校友会雑誌第百四十五号（明治三十八年三月）に発表された。放哉は当時三年生で、夏目漱石の英語の授業を受けており、「吾輩は猫である」が「ホトトギス」一月号に発表されると、二月には主人公を寮に吊るされている「ランタン」に託したこの作品を脱稿している。発表されるや反響を呼び、後の校友会雑誌に賛否両論の作品批評が掲載された。「俺の記」には、当時の寮生活の実態が活写されていると同時に随所に哲学的な思索が見られる。このことは、主人公が「俺はこのめ入ると云ふ程気に向んことはない」と語り、各場面で繰り広げられる論理も淀むところなく、登場人物も闊達であって、「苦悩する青年」を描いてはいないものの、放哉もまた「人生とは何ぞや」という問いに煩悶した同時代の青年の一人であったことを示しているといえよう。同期であった藤村操の投身自殺を彷彿させる一場面があることも注目される。より哲学的色彩の濃い文章として、

「非同色」が「校友会雑誌」第百四十七号（明治三十八年五月）に同じく三天坊の筆名で発表された。この作品は近年、研究者瓜生鉄二氏によって発見されたもので埋もれてしまっていた作品である。魚住影雄（蒼穹、のち折蘆）が、翌号に「論旨晦渋」と批評したくらいでほとんど注目されずに来たが、例えば次のような文章は、晩年の芸術論の萌芽が既に見られるという点において刮目に値する作品ということができよう。

不言は吾人の理想なる可きか、然り理想也、不言の裏、其処に総ての安心有り、立命あり、総て吾人の帰途有る可き也。

このような少年、青年期を経て二十数年後に、終の棲家となった小豆島にて「入庵雑記」が書かれるわけである。その間の大学、社会人時代を通して句作に熱意を示していく姿は周知のことであるが、随想や小説に関してはどうであったのか、意欲を喪失したのか、時間的余裕が持てなかったのか、或いは未だどこかに埋もれているのか、については不明というしかない。それはどうあれ、書簡を見れば、この「入庵雑記」に対して並々ならぬ意気込みがあったことが窺われる。

また、仕上がりをみると、最終分を書き終えたのが十一月五日で、二ヶ月半近くの期間をかけており、原稿用紙二百字と三百六十字詰併せて八十余枚に及ぶ。「層雲」に連載されると、俳人達の感想を知りたがり、誤植や活字の大きさ、短く切って掲載されたことへの不満などに見せる心の遣いようは、彼が作品発表という意識を強く持っていたことを示すものであろう。但し、誤植の他に、井泉水による加筆、削除が少なからず見られることも直筆原稿の発見によって明らかとなっている。

「入庵雑記」は、身近な風物を題材にしながら晩年の心境が綴られているが、そこには放哉があらゆる執着を脱ぎ捨てていった末に残された〝自然と死〟を見つめる穏やかな視線がある。例えば、「鉦叩き」において、秋の夜、一人虫の声に耳を澄ませていた放哉に聞こえてきた鉦叩きの声を、放哉はこの地上のものとは思えないと述べる。それは、「ごく小さい豆人形のような小坊主」が、「真っ黒い衣をきて、たった一人」で鉦を叩いているようだという。しかも、この小坊主は「一生地の底から上には出ることが出来ないやうに運命づけられ」ており、「一年のうちで只此の秋の季節だけを、仏から許された法悦として」鉦を叩いているのだと述べる。言わば、この「小坊主」はあの世とこの世の境目にいる存在なのだ。だが、この「死んで居るのか、生きて居るのか、それすらもよく解らない」という小坊主は、まさしく放哉自身なのであって、庵に籠り闇の中に病身を横たえた己の姿を鉦叩きに重ねつつ聴き入っているのである。

このように心境と風物とが一体となり、全体が透明な筆致で綴られた美しい文体となっている。「入庵雑記」は、放哉の散文における代表作といえよう。

また、放哉は多くの書簡を残しており、今日それらを読むことができるのは、没後すぐに井泉水の呼びかけに応じて手元の書簡を提供した層雲俳人達の尽力によるもので、「層雲」に連載され、その後も『好日集』、『放哉居士消息』などが親交のあった俳人等によって出版されている。現存するものの多くが大正十四年、須磨寺時代以後の晩年に集中しているが、元来が筆まめな人物であったことは、学生時代の友人や結婚を申し込み果たせなかった澤芳衛の回想から窺い知ることができる。

彼の書簡を「書簡文学として圧巻」（『放哉居士消息』序文より）と位置付けた荻原井泉水は、その魅力を「放哉という人間が丸裸になって」出ている点であると指摘する。書簡に、放哉という人の生活、心境、環境、思想、文学論等全てが出ているというのである。そればかりではない、放哉の人柄が浮き彫りになって表われているという意味でもあることを次のように説明する。

悟があると共に涙がある。さびしさがあると共に、ユーモアがある。洒々落々としてゐるかと思へば、熱拳をあげて教へてゐる。

この井泉水の分析は卓見というほかはない。小浜の常高寺で、寺の財政逼迫の緊急事態を知らせる井泉水宛書簡にせよ、苦難を共にした果てに別居状態となった妻への想いを語る小沢武二宛書簡にせよ、果ては衰弱し切って庵から出られぬ悲惨な状況に陥りながら庵を出ぬ決心を伝える書簡を読むにつけても、ユーモアの中に胸を打つ真実の面白さを誰もが感じるのではなかろうか。近年、荻原家（故井泉水宅）より直筆書簡が発見され、未発表のものが存在したばかりでなく、既に公表されているものであっても省略箇所が明らかとなった。本巻も底本を『放哉全集』（筑摩書房、平成十四年一月刊）にすることによって省略箇所を補っている。「丸裸」の放哉にさらに近づいたことになる。

放哉という俳人は有名になるにつれて、いつの間にやら特別な存在に祀り上げられているような違和感を持つときがある。例えば、彼は妻を捨て、俗世間を放擲して無一物となり孤高の中で世を去った俳人であるというような捉え方である。それは確かに胸のすくような生き方であるが、そうした理想化された人物像からは一人の人間の日々の苦悩や悲しみ、喜びは見えてこないであろう。これといった活路を持たない日本海の地方都市に元士族の秀才として育ち、多感な少年期に文学と出会った人間が終には俳句を支えに全うしていった人生を、手紙の一字一句と直に向かい合っていくことで一人一人が感じることこそ大切なのではなかろうか。

一、本文庫に収録した、随筆「入庵雑記」および書簡四十五通は、平成十四年筑摩書房刊『放哉全集　全三巻』（村上護、瓜生鐵二、小山貴子編集）を底本として編集しました。

三、本文には、今日の人権意識からみれば、不当、不適切な表記、表現を含むものがありますが、原文のままに伝えることが大切であると判断し、底本のままとしました。

尾崎放哉　随筆・書簡　放哉文庫

平成十四年十一月二十五日　初刷発行

著作者――尾崎放哉
発行者――和田佐知子
発行所――株式会社　春陽堂書店
東京都中央区日本橋三―四―一六
電話〇三(三八一五)一六六六

本文写真――伊丹三樹彦
カバーデザイン――山口桃志
印刷・製本　株式会社　平河工業社